北京孩子

李寒邻　张文超

——

著

北京燕山出版社
BEIJING YANSHAN PRESS

图书在版编目（CIP）数据

北京孩子 / 李寒邻, 张文超著 . -- 北京 : 北京燕
山出版社, 2020.8
ISBN 978-7-5402-5757-6

Ⅰ . ①北… Ⅱ . ①李… ②张… Ⅲ . ①故事—作品集
—中国—当代 Ⅳ . ①I247.81

中国版本图书馆CIP数据核字（2020）第 101508 号

北京孩子

作　　者：	李寒邻　张文超
责任编辑：	王月佳
装帧设计：	射鹿小仙　周周
社　　址：	北京市丰台区东铁营苇子坑路 138 号嘉城商务中心 C 座
网　　址：	http://www.bjyspress.com/
电　　话：	010-65240430
印　　刷：	河北文盛印刷有限公司
开　　本：	880mm × 1230mm　1/32
字　　数：	90 千字
印　　张：	8.75
版　　次：	2020 年 9 月第 1 版
印　　次：	2020 年 9 月第 1 次印刷
书　　号：	ISBN 978-7-5402-5757-6
定　　价：	49.80 元
出版发行：	北京燕山出版社

我意识到，我们所写下的，终究只是故事，是往复的悲欢，
与不可复制的透彻与开脱。自此往后，每一个故事的主人公，
将开始又一段难以自持的冒险。

我追在他们的屁股后面，叫他们回头，向彼此道一声好运。

目 录

001

《南山南》火了，
但我自己很少听

马頔

017

以梦为马，
过潇洒酣畅的一生

李晓梦

032

《余罪》改变了我的
生活，却改变不了
我对音乐的爱

张承

055

卤煮"少爷"，
请你吃一碗卤煮

高树

073

老炮儿的
摇滚时代

老道

095

误打误撞成了
一名剃头匠

孙越

111

我是冯裤子，
谁说我是缝裤子的？

冯裤子

131

坚持初心的
说唱男孩

孙骁

目 录

203

每天活在小说里，
扮演喝酒吃肉的角色

霍岩

185

一心向道，
以求上善若水

张三牧

161

关于我的
不善言辞

付菡

143

在我心中，
文身是一门很酷的艺术

赵宽

258

举凡过往，
皆为故事

李寒邻

237

幸运的是，
我有一身北京孩子
的骨气

郭思遥

225

《北京孩子》的
御用摄影师

张文超

265

我是 _____，
这是我的故事

/马顿/
顿字，没有实际意义，
没法组词，只用于名字，
寓意是美好

《南山南》火了，
但我自己很少听

八岁或是九岁那年，我第一次看见了海。

北戴河，曾经是个美妙的地方。

我热衷于看海。直到现在，我也可以什么都不做在海边待上一天。海的漂泊感和阴晴不定，让我联想到一个情绪化达到顶峰的姑娘。

那个夏天，我像是海中央的一座孤岛。世界在我眼前慌张地跑过去，而我依然不明就里地站在原地。

可以想象，在故事的尽头，我还是孑然一人。

我的名字是我妈给起的。29年以前，她在翻《新华字典》时找到了我的名字。

頔字，没有实际意义，没法组词，只用于名字，寓意是美好。

那一年，我出生在丰台区的七三一医院。一岁零八个月的时候，我爸进去了。那似乎让我的意识先于同龄的婴幼儿开始变得清晰：印象中，从那以后的每个周末，母亲都带着我满北京城跑，想托人让我爸早点儿出来。

如今回忆起来，我的童年是没怎么进过四环以里的，生在丰台，长在朝阳，今天的欢乐谷那片儿，在我的记忆里是一片菜地。等我稍微长大一点儿，跟我爸我妈去大北窑那边玩儿，稍微晚点儿出租车司机都不拉我们，嫌我们家那片儿乱。哪像今天的北京，高楼满地，盛世太平。

如果说我勉强算是个南城人，那我还可以说，南城还算是变得相对少的地方。这地方打有北京城的那天起就开始穷，一直穷到今天。越穷还越热闹，今天则更是热闹。

但它也在变，因为首都就是首都，首都当然需要一些新气象。

上小学之前，我爸回来了。

我们没有太多的交流，但我已经开始对这个世界充满疑问。

他们将我锁在家里。在他们的逻辑里，老人会把孩子惯坏的。我无事可做，每日步行上下学才攒出钱买了几本漫画书，马上也被家里人扔掉了。

没了别的娱乐活动，我又厌恶无趣的学习，因此只得独自在家翻起了他们看的书。那些是这个家里唯一跟学习无关的东西。

我开始喜欢看凡尔纳和大仲马，开始拿《基督山伯爵》当武侠小说看。往后至今，我一直痴迷于法语系作家，他们对人类的内心世界充满兴趣，有时候，他们会从客观上解答来自一个十几岁孩子发出的疑问。他们的说辞听来无比矫情，而当那些文字碰巧引起了你的共鸣时，也许你将不这么认为。

就比如，我至今还记得杜拉斯在《情人》里写过：
"痛苦可以作为痛苦的解药，也可以作为第二种爱情。"

我不记得是从什么时候开始的，但我曾经的确作为一个愤青存在过。

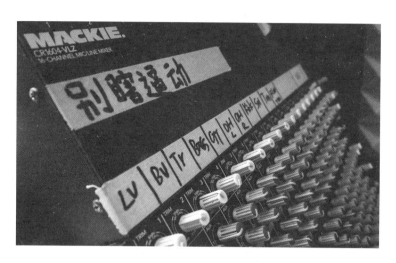

　　也许是从小学时就开始了。我不清楚。有一次在锔儿厅，一哥哥把我给劫了。我感到很委屈，于是第二天我在学校门口蹲着，准备劫一个年龄比我小的孩子。

　　我忐忑地跟他说，把钱拿出来。
　　他哇一声哭了。

　　我心软了，马上又安慰道，我跟你开玩笑呢。

　　我感到自己跟这个世界的交流开始变得越发困难。

　　于是我只能听歌、看书、写字。我说不清楚那些是否是彼时彼刻的我，所能寻求到的唯一释放自己的端口。

　　又或者，那只是所有的孩子都希望在某一个时间点表现得跟别人不一样的一种表现方式。

　　可以确定的一点是，在那个时间你会向空气抛出一个疑问，并且往往只有你自己才能去解答它。这种时刻总会让我感到孤独，因为身边的人才不会对这些感兴趣。

　　那会儿我在天津上学，每个月650块钱生活费，包含每月回两次家的路费。我每天只花10块钱吃饭，几乎不去网吧。最终攒下来一台游戏机、一把琴，从此再也不用出宿舍门了。

　　我想认识一下周围的人。那阵儿曾抱着一个可笑的执念：所有喜欢独立音乐的人都是好人。

那个夏天，我像是海中央的一座孤岛，
世界在我眼前慌张地跑过去，
而我依然不明就里地站在原地

结果，我那会儿写的东西，一首都没有留下来。

失望之后我陷入了一场爱情。我希望让生命里的愉悦感上升到最高，因为你可以迫切地感觉到，这是在现实生活之外最能慰藉你的地方。

毕竟现实生活永远都没那么容易。

毕业后，我先后做过五份工作，从推销员到电话销售，从售货员到国企员工，最后还给一家广告公司写过几个月文案。

国企员工那份儿工作是家里人给找的。2011年，我进了北京市某国企上班，工作地点遍布崇文和宣武。

国企的领导们有时候中午就叫我喝酒，我笑着推托说自己不会喝酒，结果晚上喝得酩酊大醉，并在第二天的早上再度婉拒拉我喝酒的老领导。

我上了五年班，最后一份广告公司的文案工作，能给我带来每月3000块钱的收入。这3000块钱里，还包括1000多的房租。

这次，我连游戏机都攒不出来了。

我跟领导说，我病了。

领导问，你真病了？

我笑着回答，我真病了。

装病请假的那个月，我帮一个朋友拍了一部电影。

开机第一天第一场戏，是让我坐在剧中的自行车后座上，因一夜酒醉在东华门一带骂街。骂街是真骂，那让我在忐忑的同时也隐隐感觉到了几分过瘾。

那之后我实习期满，公司的领导告诉我，说我不适合广告行业。因为我周末需要出去演出，无法为他加班。

同年，我终于做完了《孤岛》。

其实我现在不怎么听《孤岛》了。个人的习惯是，东西只有在做出来后的那个瞬间会给你带来短暂的满足感，现在再去听，我只会听出里面的毛病。就好比你去看自己以前写的东西或是说过的话，你也只能看出稚嫩。

每个人还都是渴望进步的，我是这样想。

从我的角度讲，每一首歌儿都是你积累一段经历之后的表达。就好比有人会不喜欢我歌儿里面的北京口音（顺便一提，这真的不好扳），但我的确也还没为北京写过什么太多的东西。

我在四环外长大，没怎么经历过老北京"应该经历"的那些东西，因此才写不出来。

只是后来，你总会希望多了解一些自己出生的地方。

可每当我想去看它时，它早已变成一个面目全非的姑娘。

我现在过得很好，只是写歌儿比以前慢了。

毕竟，这个世界让你好奇的东西正变得越来越少，而你写一首歌儿也会变得越来越谨慎。

因为首先，它要能取悦你自己；其次，它最好还能做到言之有物。

我最近正忙着减肥，已减了三十斤，劳您惦念，此番没有食言。

我喜欢我的名字马頔。"頔"字，没有实际意义，没法儿组词，只用于名字，寓意是美好。

这是我曾经上班的地方，在这里我请了一个月的假去拍了电影

/李晓梦/

在北京电视台新台化妆间的我

以梦为马，
过潇洒酣畅的一生

"李晓梦！是不是你？"

"不是我！老师，不是我干的。"

"不是你干的？全班同学的英语作业本都让你改了个三分！当时上操，班里就你一人做值日，你敢说不是你干的？！"

"真不是我干的，老师。"

能不是我干的吗？七岁的李晓梦，也就是我，拥有无与伦比的睁着眼儿说瞎话的能力。我为此感到扬扬得意。

"你给我下来！"

我听罢，呆呆地望着脚下，像一只任性的猫一样抱着暖气管子的杆儿不愿下来。

那应当是个冬天。我喜欢冬天，因为天上总有雪花儿在飘。它们随后便缓缓地飘到了1992年的知春路上。

现在想想，知春路、海淀黄庄、中关村那一带，算是北京最早开始变化的一块儿地方。小时候我们家住今天的欧美汇那块儿。那儿早先是一溜儿平房，三间院儿。一个院儿住着我们家，一个院儿住着我们家邻居，另一个院儿住的是一卖"毛片儿"的。

因此你可以理解为，姑娘李晓梦是在一个卖毛盘的环境中长大的。

"晓梦，你下来。"

这回我乖乖下来了。我妈叫我，我得下来。

我只听我妈跟我姥姥的话，真的。

虽然事儿我照惹，祸我照闯，但是我很听她们的话。我想保护妈妈，因为我记得小时候有一年的大年初一，我爸在国外，我妈拿小车儿推着我在外面溜达。

我问我妈："妈，咱为什么不回家？"

"因为爷爷奶奶跟你姑姑不喜欢我们在家。"

"那咱为什么不去姥姥家？"

"没有年初一就去姥姥家的。"

由此我更加坚定了要保护妈妈的决心。对于当时的李晓梦来说，那意味着让自己变得跟男孩一样淘气，脾气大，爱惹是生非。那会儿我就觉得，跟小姑娘手拉手上厕所特矫情，非得是三九天儿的时候，跟几个毛小子在胡同儿里换上自制的冰刀冰车滑冰玩儿才过瘾。

那会儿的冬天可真冷，胡同儿里被冻得瓷瓷实实的喜悦逆流成河。

淘气给我带来的一个收获是，我明白了一个同龄人迟迟无法明白的道理：你犯多大的错误，这事儿什么时候过去往往只是个时间的问题。就好比我妈七点呲儿完我，八点还是会给我削水果吃的。

我只记得那会儿跟我玩儿的一个小男孩。他小学时候个儿就特高，有一米六那么高。校门口有一条特别窄的小马路，我俩一前一后地过。有一天，这当儿斜刺里杀出来一个更小的小孩儿骑车冲过来，我记得那个小男孩，他第一反应是狠狠地把我推到了马路对过儿，自个儿的腿让车轮子轧出了血。

肇事那孩子吓哭了，我那哥们儿却一脸好气地安慰人家没事儿。我惊魂甫定。

"这才是爷们儿呢。"

那当然不是我喜欢上的第一个人。事实上，多年后我在微信上找到了他，他表示完全不记得有这回事。并且，他已经长成了一个油腻大叔。

我该说点儿不油腻的。说说我的初恋吧。

进入中学后，我们那个年代的年轻人，就像90后喜欢S.H.E，00后喜欢TFBOYS一样地迷恋上了H.O.T。我甚至已经回想不出一个喜欢上他们的原因，因为最大的原因在于大家都喜欢他们。他们是那时候的主流杀马特，但在80后的回忆里，他们是特别酷又特别高尚的杀马特。

我的初恋不是我们班的。某次联欢会，他们小哥儿几个穿着红西装边唱边跳边飞踹，唱的就是H.O.T的那首《We Are The Future》。我一眼就看上了他。

哎，你说你们男的是不是就这么没劲？非得玩儿个欲擒故纵的？人家小姑娘给你写小纸条你不搭理人家，偏得是过俩月了自个儿腆眉耷眼地送人家照片才成？

"咱试试吧，你当我女朋友吧？"

"那行，咱好歹坚持一个月吧。"

然后，我俩确实只坚持了一个月。

那会儿，谁都不懂得谈恋爱。中午我俩去当代商城的乐天快餐厅吃饭，人家手不知道往哪儿放，左手在自个儿腿上瞎抠，右手把人家餐桌旁边的隔离栅栏儿给抟下来了。

我马上就嫌烦了。我觉得，自己可能还是比较喜欢暗恋他的感觉，那个在舞台上穿着不知从哪儿淘换来的红色西装飞踹的男孩儿。

2018年H.O.T重组的时候，我问我的初恋："你现在还能飞踹吗？"

他给我发来了一张陌生的中年油腻男子的照片。我乐了。行吧，也算是给那段无疾而终的恋情画上了句号。

但他成了我内心里一个无法抹去的影子。真的，我随后爱了八年的那个男孩儿，跟他长得几乎一模一样。我几乎就要确定跟那个人结婚了。不，我曾经无比确定，今后就是他了。

高一的时候，我在学校的运动会上看上了他。与此同时，我还迷上了电视里北京电视台的贺贝奇老师。晚上六点半的北京新闻，我觉得贺贝奇就是这世界上最好看的男人。

我跟我爸说："我以后想跟贺贝奇一起工作。"

去这里跟贺贝奇一起工作是我年少时代十分坚定的理想之一

我爸告诉我，你去学播音吧，你去电视台，就能跟他一起工作。

高中毕业，我考上了中国传媒大学南广学院，从此开启了一段四年之久的异地恋。

别再问我异地恋什么感觉。我们大概每个月能见一两次，简而言之，能支撑一个女孩儿在异地恋中走下去的，还不就是那句跟自己说的：好吧，就是他了。

但那一次，他妈妈不喜欢我。

他是四川人。我们两家之间的矛盾，后来逐渐上升为地域差异之间的矛盾。有一次我们吃火锅，他跟我说："你怎么那么爱吃麻酱啊？在我们四川，芝麻酱都是驴吃的。"

我把筷子撂了，那可能是因为我们北京人比驴还能干吧。

八年，就这样结束了。

那年是2009年，我如愿进入了北京台跑气象口，也算是实现了自己年少时的一个肤浅梦想。因此我倒是真他妈希望自己比驴还能干呢。

也就是那年，我终于见到了贺贝奇。当我的指导老师递给我一摞纸并对我说"把这沓稿子给贺贝奇老师"的时候，我全身都在发颤。我魂不守舍地推开演播室的门，眼前竟是一个我完全不认识的中年油腻男子。

"啊，你把稿子放那儿吧，我拿个快递去。"

不过通过之后的接触，我依旧觉得贺贝奇就是我想象中的样子。

那年年底，北京城连下了十二天的雪。我十二天无休，不过好在皑皑白雪中的北京，跟记忆中的故乡倒是有点儿相似。

跑气象口意味着你要在刮风下雨的时候，往风最大雨最大的地方儿扎，妆还不
许花

我不愿意承认自己曾故作坚强。或者说，坚强和渴望被保护同时存在于我的需要里

那场雪的最后一个晚上，朋友叫我出去喝酒。所有人都在灌我，只有一个人跟我说："你喝多了，这杯我替你喝了。"

恍惚中，我感觉他就是当年那个把我从小马路上推走，自己被自行车轧到了小腿的男孩儿。

姑娘们，会有那么一个岁数的，你会猛然间发现，那个曾经试图保护全世界的自己，突然间是多么希望有一个男人对你说：别喝了，我替你喝了。

于是他成了我现在的老公。

不过，你别看我说得这么温情，跟他我也不是不吵架的。之前是他给我挡酒，现在都是他丫灌我。我后来反思了一下，当年他那么干，二成是因为想泡我，八成是因为跟我不熟。

我俩之间的对话常常是这样的。

他："哎，你今儿晚上有局吗？"

我："怎么了？"

他："那个，昨儿我们说好了，今儿还想再出去玩一次……"

我："然后呢？"

他："你要是有局，那我就跟他们聚去了！"

我："我要是没局呢？"

他："你要是没局，我就早点儿回来……"

《余罪》改变了
我的生活，
却改变不了
我对音乐的爱

/张承/
我是一名演员，更是一名歌手

"小伙子，你想演戏吗？"

我就知道这老头儿得跟我搭拉话儿。但我没想到他一上来，就问我这个。

那是2012年，我行将大学毕业。南锣的北口儿，就鼓楼东大街那口儿，各地游客操着各地口音向我身后那条南北向的胡同儿里涌去。老头儿跟我说话那当儿，我正站在南锣北口包子铺门口儿跟女朋友打电话逗贫。

这里按说是我"老家"。1990年，我出生在交道口一带。那时候我对胡同大杂院儿的生活充满了厌恶，而对住在大高楼里的同学们充满了羡慕。

大杂院儿里的冬天，冷得不行，只得在家里弄个纸篓套个袋儿解决如厕问题。那过的真是20世纪90年代如假包换的贫民窟生活，身边儿人全是老北京。清早儿起来倒尿盆儿的时候，遇到隔壁刘大爷就会下意识地问："您吃了吗？"

为了哄当时那个来自香港的女朋友开心，我使尽了浑身解数，包括北京孩子面对姑娘时可以迸发出的所有聪明才智跟她臭贫。

我们常常思忖，那份机灵劲儿如果能用在正事儿上，前途定是一片光明。

现在回想起来，那倒真是一段让人痛彻心扉的恋爱。大学四年，我在广院，姑娘在人大。于是我练就了一个特别的技能：发呆。发呆能让我不那么费力地熬过从广院到人大的六十分钟地铁路程。发呆的时候，我自己跟自己在脑子里玩儿RPG游戏。

一礼拜三趟，就这还不知足呢。

那段儿恋爱持续了大约三年，那期间我跟她分享了诸多的南北差异。好比，姑娘觉得早晨起来吃咸的东西很奇怪，这让我不得不陪她啃完了甜面包之后再找地儿来份卤煮和炒肝儿。

但尽管如此,那三年之中的很多瞬间,我也的确曾认真地想过:要不结婚吧。

就这还不知足呢。

好吧,就在我试图安慰又一次不知因为什么生气的她时,我注意到了一旁正在窥视我的老头儿,我们放下姑娘,说说这个老头儿的事儿。

老头儿问我想不想演戏,随后递给我一张名片。那之后我回到广院宿舍跟何凝说:今儿跟鼓楼那儿遇到骗子了,什么岁数了还他妈以为自己是星探。

何凝是我大学四年里遇到的最有才华的朋友。

他跟我说:"人家没准儿真不是骗子。"

我俩上网一查,大爷是某著名影视公司的老板,确实不是骗子。

两天以后，我便颤颤巍巍地接过了自己的第一份艺人合同，在一间与想象中完全不同的小黑屋里。

又过了两天，经纪人给我打电话，说："承儿啊，给你接了个戏。"

"什么角色啊哥哥？"

"哦，你是男一号。"

不久以后，我跟那部戏的男二号，一个三十来岁德高望重的老演员一同搭乘前往上海的班机。在飞机上我诚惶诚恐地向前辈请教：您说这拍戏，应该怎么拍？我从来没拍过戏。

男二号云淡风轻道："这拍戏啊，你得放松，得享受这过程。"

上海那部戏拍了一个月。我怀疑导演可能是我失散多年的远房亲戚，因为他对我极其满意，反倒是男二号没少挨骂。在回北京的飞机上，男二号带着一种绝望的目光问我："你说这拍戏应该怎么拍啊？"

"这拍戏啊，你得放松……"

那会儿真是过得极顺。谁料忽然有一天，我妈跟我说："我带你算个命去吧。"

一个小时后，我睡眼惺忪地坐在了大师面前。大师认真地看了看我，说："小伙子，你近两年可能要走背字儿了。"

我说："妈，咱能不给他钱了吧？"

结果大师所言极是。一个礼拜后，我原先的经纪人辞职。自那以后，足足七个月我没有一场戏拍，完全零收入。

那段儿日子，我每天晚上陪爸妈看完黄金档我演的戏，再扭脸儿出门开优步，一开开一宿，勉强糊口。

那时节，我大学毕业整一年。何凝给我打了个电话，

"承儿，你过来一趟，开车来。"

我听罢揣起钥匙出门，等到了何凝的出租屋一看，屋儿里面跟龙卷风刚过完境似的。

何凝说："跑，赶紧跑，明天中介就来了。"

他带着我跑到了黄渠附近的一个工棚落脚，边儿上住的全是勤劳的民工兄弟。我俩开始了一段追梦的日子：白天写剧本，因为我相信何凝的才华，写好了剧本往各大视频网站"联系我们"的邮箱里投；晚上我开优步，因为何凝相信我的车技，而他晚上需要休息——何凝在家喝酒，用我辛辛苦苦开车赚来的钱。

深夜，他睡床上，我睡椅子上。

直到有一回晚上，我俩为了庆祝第八个剧本顺利付梓相约去"光阴酒吧"喝酒。

光阴酒吧位于大经厂西巷，老板叫元芳，我们在光阴认识了好多朋友。在光阴喝酒的人，彼此间也都是相熟的朋友。

元芳有一款特调酒，名唤"随便"。所谓随便，就是随当夜老板的心情和酒品库存而便：只有基酒，没有任何果汁的鸡尾酒。三十块钱一杯，以我一宿可以转战三四个局的酒量，随便一下就可以干一瓶。

我喝着那杯格外呛口儿的"随便",想到隔壁邻居那些农民工兄弟们,叹道:"何凝儿,好好说啊,人家都比咱俩有钱。"

天天他妈自命不凡搞娱乐行业的,干吗呢这?

何凝陪我说了会儿胡话。那天我睡床上,他睡椅子上。

说实话,那阵儿也不是没有过机会。我记得很清楚,那是个礼拜五的晚上,爱奇艺给我发了封邮件,说对我们的剧本很有兴趣,并且希望下个礼拜一可以看看样片。我看罢邮件翻了翻兜儿,兜儿里只有七块钱。

我想借钱。很幸运的是,我所有的朋友都跟我一样穷。

所以我什么都没借到。

我跟何凝两人从肋叉子上揪下来两千来块钱,租了景、一台佳能5D3、两截轨道。我们只有一个周末的时间,所幸穷朋友们都很闲,他们在我们的细心指导下一句一句地学台词,我俩白天拍戏,晚上剪。

礼拜一，对方的投资人老师笑眯眯地看着我，我几乎四十八个小时没合眼，但也拿出了心底里全部的尊重瞪着他。

老师告诉我们，样片很好，回去等信儿。

我回去倒头便睡，马上又在那个下午被一通电话吵醒。公司新来的经纪人说："张承，带你见个剧组。"

我挂了电话，回头对何凝说："兄弟，等我回来。"

然后我又对自己说：见吧，要再不行，就真的算了。

那便是《余罪》的剧组。当天我假装一副云淡风轻的样子签了演员合同，其实心里面早就放了二踢脚了。

谁也没想到《余罪》能火。那部戏拍完就上线，投资人说，全剧能有个两亿就算够本儿。谁料戏上线的第二天，播放量便已经突破两亿。酒店的服务员给我晃醒了："我看过你演的戏。"

我想，这一定是个偶然。

《余罪》上线第三天，播放量突破五亿。我的微博蹦出了一万多条提示。当晚，我请何凝去鼓楼吃面，只见一姐们儿穿越人山人海狂奔了三百多米过来，问道："你是不是张承？"

我还没来得及回答我是，她便紧紧攥着拳跟我说道："加油！"

我心说我他妈又不是车，加什么油啊？

但事实的确是，我红了。没人教过我怎么红，但梦想中"出门吃个饭都能被人认出来的日子"终于算是来了。那顿面，我被拉起来合影三次，因而吃得尤为诚惶诚恐。

那天吃完面，我俩如往常那样去了隔壁的光阴酒吧。元芳见到我说："承儿，今天晚上你随便喝。"

我盯了元芳很久，说："元芳，我一直没有告诉你。其实，我喜欢喝啤酒。"

"但是我喝不起。"

说完以后，我俩都哭了。

说来很讽刺，《余罪》火了以后，香港姑娘还是离开了我。

她说："我要回香港了，在北京找不到工作。"

我信心满满地表示："那我养你吧。"

她说："算了，我不相信男人。"

其实包括她在内，离开我的所有姑娘们，都觉得我太穷了。

好比说，我后来有过一个女朋友。她在认识我之后开始混圈儿，我也是在那时才意识到，混圈儿的姑娘出去喝酒是不用带钱的，因为总有刚刚还跟哥儿几个就结账一事装傻充愣的男人瞬间变得格外豪爽，他们会对姑娘说："算我的。"

这些故事同时也教导了我们，"钱到账了"四个字，的确是在辛苦的工作中最能宽慰自己的一句话。

我从未因过去的女朋友、喝不起的啤酒和黄渠的工棚跟钱作对。在这方面我脖子还没有那么硬。只是对于音乐，我会格外地不那么计较成本。

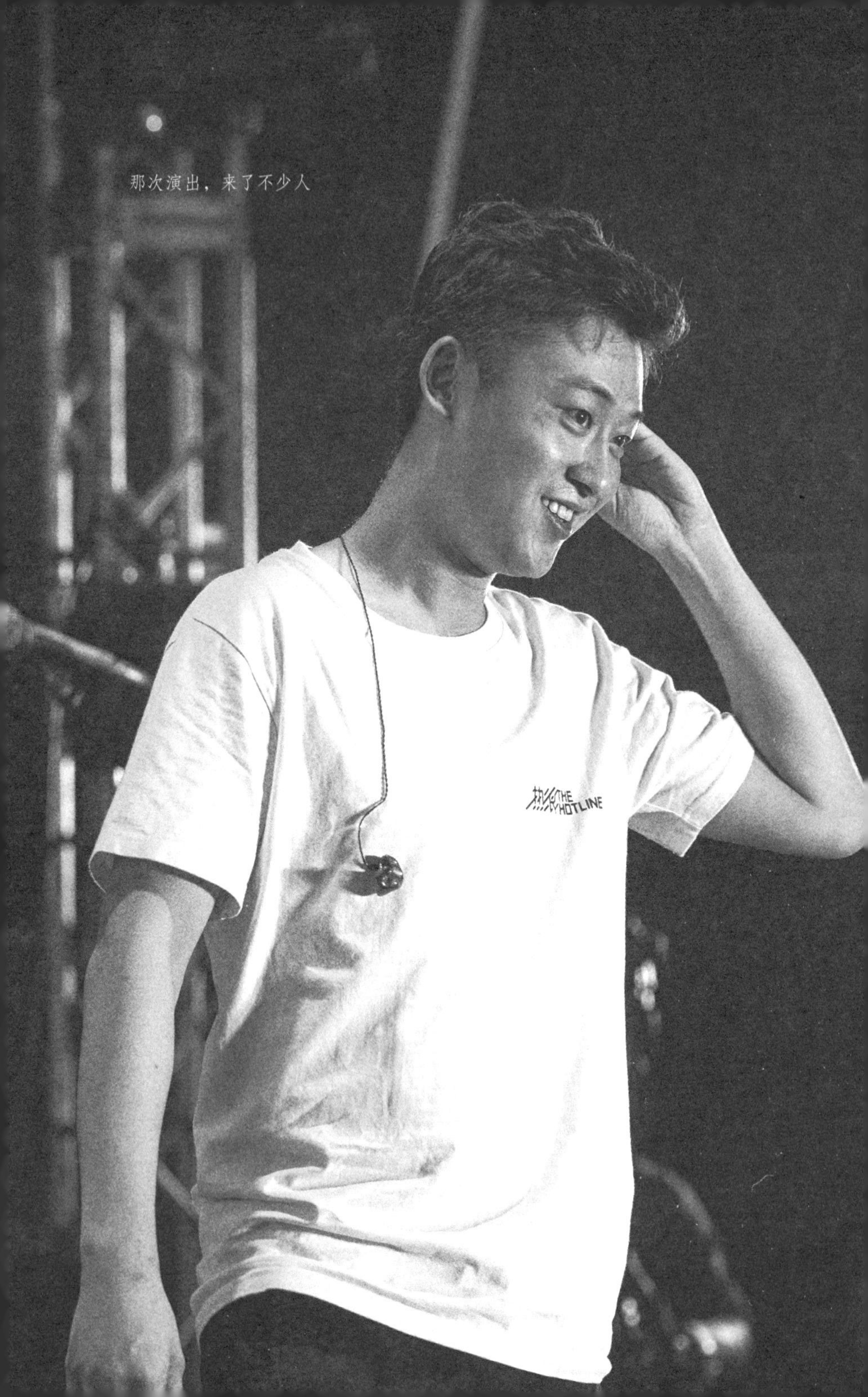

那次演出，来了不少人

这事儿得从小学那会儿聊起。我小学上的是前门小学，学校地处南城，寸土寸金，整个操场上就俩筐儿，因此我小时候一直以为篮球比赛的规则是五十对五十。

那会儿学校乐团招人，我莫名地想学萨克斯。家里人说，你要是一学期都能考年级第一，就让你学吹萨克斯。于是我争气地考了一学期的一百分儿，期末免考，老师在白卷上给我写了一百分儿。

然而事与愿违，让我与音乐结缘的并不是萨克斯。别说萨克斯，乐团里所有的管乐我都吹不响。

团长无奈道：不然你试试架子鼓吧。

这一打不要紧，团长拉着我的手说："张承，你别走了。打鼓方面你他妈是一奇才。"

而我怀疑那可能是因为我有多动症。

那之后我又学了弹琴和写歌。最不容易的那段儿时间，也就是我睡椅子上，何凝睡床上那段日子，我在后海找了十几家酒吧，给他们看我自己写的东西。没有人要。

讽刺的是，一年之后《余罪》火了。同样的东西，我在"星光天地"开专场来了八百多人，其中不乏当年拒绝我的酒吧老板们。

事实上，有多少怀揣着音乐梦的孩子，最终为了生计把设备都给卖了。而这些年，在演艺路上赚的仨瓜俩枣，反倒是全被我用来买设备了。我依然在唱歌。

这里有个故事。

201×年的某个音乐节，我正好被排在一个唱出"抖音神曲"的姑娘后面演出。

那时我在后台调琴，台上的姑娘唱着《纸短情长》。我暗笑，什么叫纸短情长？就是你上厕所发现没纸了，这时一个电话过去会给你送纸的朋友才是真朋友。

姑娘唱罢对台下说："有关注抖音的朋友，让我听到你们的声音！"

台下一片喧腾。

姑娘又说："有关注快手的朋友，让我听到你们的尖叫！"

台下果然是一片尖叫。

姑娘最后说："有关注内涵段子的朋友，都给我躁起来！"

然后台下真的躁了起来。

她下台后，我拿着一把吉他上台。我清了清嗓子，说道："接下来我会唱一首影响了很多年轻人的歌，请大家不要发出声音，安静地听我唱完。"

我静静地唱完了一首《米店》。

那时我边唱边欣赏着自己的倔。

三月的烟雨飘摇的南方，我跟我的朋友坐在空空的黄渠工棚里。

你也许记得，我曾说过不下十遍，"要是再不行，那就算了吧"。

所幸那之后《余罪》来了。它最终还是让我端起了这碗饭不是吗？

毕竟大二的我曾和同样自视清高的何凝说过："我这辈子，绝对不会在办公室里消磨一天的。我觉得就算不那么干，我至少也不会饿死。"

你也许好奇，如果没有《余罪》，我还能倔多久呢？也许就认了吧，但幸运的是，我再也没有机会知道了。

那年的我，就像是玮玮老师渴求他的姑娘一样，渴求着码头上停放的船。

一曲唱罢。

我向台下说："有关注抖音、内涵段子，或是快手的朋友们……"

那次演出很成功

方才鸦雀无声的台下正蠢蠢欲动。

"麻烦你们离开这里。"

台下一片哗然。

片刻后，我微笑地望向剩下的一双双眼睛。

"我是张承，你们好。"

唱歌时候的我，身上仿佛有光

黄寺卤

/高树/

现在的黄寺卤煮店，店内环境比老店强太多了，
这卤煮的案子彻底改变了我

卤煮"少爷",
请你吃一碗卤煮

我叫高树。

十三岁那年，爷爷奶奶去世了。于是我，一下儿就成了像那个年代的H.O.T一样的，所谓"看起来就很叛逆"的北京孩子。

我跟爷爷奶奶在德胜门外长大。有时候，我就那么看着德胜门的城门楼子，幻想能看出一点儿四九城从前的影子来。

我很怀念爷爷奶奶。他们对我的溺爱之深，甚至到了常人所无法想象的地步。不吹牛地说，四年级以前的我，拉完屎从来都没有自个儿擦过屁股。

那在学校怎么办？在学校我从来都不拉屎，嫌脏。

虽然不擦屁股，但小学时候儿的我又聪明又听话。我凑齐了六年的"校三好学生"，又拿下了需要凑齐六年"校三好学生"才可以评选的"市三好学生"。我戴过"两道杠儿""三道杠儿"，就是没戴过"一道杠儿"。

在我被评为"市三好学生"的那年，我喜欢上了一个姑娘。

那姑娘不是"三好学生"，因此她不能跟我一样去上很好的初中。于是我自废武功，选择了电脑派位大拨儿轰，去了安德路中学，那可能是当年本区最次的初中学校，简称"安中"。

当年安中的校风就是学习好没用。姑娘们喜欢那些混的、抽烟的，以及那些小流氓们，于是好孩子便显得处处不合群儿。

当时，家里除了爷爷奶奶去世以外还陡增了变故：父亲做生意，把家里原本还算丰厚的积蓄赔了个底儿掉。

那天我听说，我爸的兜儿里就剩八百块钱了。

我觉得，自己没必要再装下去了。

这里曾经也是我的母校

　　我比其他的小混子们还额外幸运的一点在于：当年我初一，初三的"头扛"是我街坊，赶等我初二，新初三的"头扛"还是我街坊。二位哥哥很照顾我，他们让我扛属于自个儿的那个年级，并且因为有他们的存在，高年级的混混儿也不敢来欺负我。

　　总而言之，我真的是一个极幸运的，起步点很高的流氓。尽管我从来没有承认过自己的所谓"头扛"身份，也并不会因此而沾沾自喜。

　　我不吹牛地说……哦对，我好像之前就说过类似的话，并且曾惹得你不相信。应该说我算是个爱吹牛的人，比如我经常吹自己能喝四十瓶啤酒，是全北京排行前五的成功人士，但那是后话了。此刻这样说，我是无比真诚的。

　　我没有精确地统计，但我可以确信在当时的安中，每个班都有喜欢我的姑娘，其中最出名的当属"安中四美"中最美的四妹。

　　我越来越狂，狂到目中无人，狂到无法无天，狂到午休的时候敢在操场正当间儿吸烟。当安中其他的烟民朋友们还撮堆儿挤在自行车棚子和男厕所旮旯儿这类每所学校都必有的"吸烟区"里边儿的时候，我就敢叼根儿烟在操场上一边走溜儿一边抽。

没有人不认识我。当年的安中，没有人不认识高树。

现在，我想讲讲迄今为止我自以为曾做过的最浪漫的事儿。我真心喜欢上了一个姑娘，当然，我觉得自己真心喜欢自己所喜欢过的每一个姑娘。

那天中午，我包下了整个操场。这对我来说并不难，因为所有人都认识我。我跟八个篮球半场接拨打球的一百多个哥们儿，外加操场上的其他人，凑一起足有二百来人说："给我高树个面子，帮个忙儿。"

那场架的对手来自七中，已经算是我们眼里的好学校了

　　我让这二百人把那个姑娘围了起来，姑娘从惊讶到害怕。她吓坏了。

　　我站在那个大圈儿的中央对她说："我觉得自己太喜欢你了，当我女朋友吧。"

　　她拒绝了我。那让我始料未及。

　　后来，我被开除了。原因是我有一次叫了一百多号儿人打群架。各学校撮堆儿，其中有三十多人是外事学校的，一个个儿穿西服打领带，拎一公文包，包里装甩棍。

　　我们一百多人占了学校对面儿的整条胡同儿，招来了三辆警车。警察问我要干吗，我说不干吗，我过生日。

　　校长跟我说："你回家吧，别上学了。未来半年不要在校门口出现，回头发你毕业证就完了。"

　　我问："如果我还来上学呢？"

　　校长一乐："你要还来，就不发你毕业证了。"

七中对面这儿原来是家烟店，干架那天他们逃到店里，马上被我们砸了摊儿。

后来我混了两所职高，其中包括东城区重点职高"东职"。开学第一天老师问我有没有什么特长，我说我头发特长。因为打架，我马上又被开了。

彻底辍学后我又混了五个工作：去过肯德基、赛百味、麦当劳，当过保安，卖过机票。每个月挣1200，我只花200，我回家吃饭，这200就是买烟买水的钱。后来得了次肺炎，我就把烟给戒了。

有一天我跟父亲说："我不想混了。咱开个买卖吧。"

父亲1989年的时候开过一家卤煮店，后来不干了。他不止一次跟我提过那家店的故事。那时候开饭馆儿，你卖什么就叫什么，所以那家卤煮店没有正经名字，就叫"卤煮店"。

父亲可能是我最佩服的人。我很佩服他，尽管我们一天不会说超过三句话。父子之间，有一种充满了默契的寡言。

2008年6月8号，我们爷儿俩用自家的平房当门脸儿，在黄寺大街开起了黄寺卤煮。当天暴雨倾盆，父亲跟我说：儿子，这叫风调雨顺。雨就是水，水就是钱。

但开业第一天，我就卖了二十块钱。

没有客人的时候，我连空调都舍不得开。卤煮锅在屋里冒着热气儿，就那么一直咕嘟着。

一年后我们火了。我走了个脑子，把自己家里做的酱肉给上了。这一下儿了不得，有人说：这就是小时候我爷爷给我做的。爷爷走了，我再也没吃着过。

我怀疑持此种说法的人是否真的在小时候吃过类似的酱肘子，但他们对此都深信不疑。

做饭没什么秘密，在家里怎么做，我就在店里怎么做。所以我没法儿坑你。

很多朋友会来店里吃饭，包括当年的"安中四美"，还包括当年的很多学弟学妹。当时的他们，有很多都想让我当他们大哥。这些朋友，现在有很多已经上过《法治进行时》了。

他们在外面儿也许是那种无恶不作的流氓，但是在店里，他们会拿出自己最善的一面对我。

我吃过所谓创业的苦，但你看，对此我讲得还没有讲流氓打架的那段儿起劲儿。我不愿意去说，矫情。

因为那毕竟不是什么好受的东西。

有意思的是，当年开除我的校长后来又见到我：高树儿，其实我当年就觉得你聪明来着。

我和父亲在一起吃饭

被拆的黄寺卤煮老店，现如今这里已经进不去了。

那次我才意识到，自个儿可能混得还行。

我会希望自己的孩子能把这个摊儿接过去，就像我接下父亲1989年的那家"卤煮店"一样。但是，我不会强迫他这么做。如果他哪一天真的混得如当年的我一样没有出路的话，我会告诉他：你所得到的一切都是付出换来的。我挣的钱是我的，我不给你留着，我会把它们都花光的。

黄寺卤煮的老店在2017年年底被拆了。新店四天后在几百米外重开。

我很怀念那间门脸儿，真的，我现在依然很怀念它。

2008年，那年我才十八岁。对我来说，浮躁来得实在太早了，我把它们都留在了我的过去。

所以，我真正意义上的青春，其实都在那儿了。

黄寺卤煮号码牌

/老道/

《北京话事人》这个电台节目3年了，
谁能想到我们会因为这个节目在2019年拿奖呢

老炮儿的
摇滚时代

那天是晚上六点半左右，孩子他妈在厨房里弄饭，我则拄着胳膊肘儿在饭桌上犯困。毕竟嗜睡症这毛病已经困扰了我多年。

忽然，大豪推门进来。

这孩子现在个头儿比当年的我蹿得还猛，十二三岁的孩子晃晃悠悠从门框里钻进来，让人不禁恍惚。

大豪是我儿子。这小子现在梳着个美式分头，眉眼儿分明，一七一中学的校服里是北暴的短袖，脚底下踩着飞人乔丹，除了鼻头儿和脸蛋子上长点儿疙瘩，其他都挺像那么回事儿的。以至于我那些兄弟们每回见着大豪都得拍着他的肩膀子说："怎么这么牛气啊大豪？平常是不是挺多蜜围着你的？"

　　儿子把鞋换了，随即假装看不见我似的溜进自个儿的屋子里。我偷偷看着他在书包里一通翻，然后趿拉着鞋，演出一副自以为颓废的样子溜回客厅。

　　我自以为早有准备，但那张三十八分儿的卷子还是把我惊着了。脑子里觉着自己可能该动怒了，但猛然发现早已上不来那股心气儿……

　　"大豪，我记得你上小学时爸爸跟你说过'千万别考一百分儿，爸心脏受不了'。我那会儿就跟你说，控制在八十分儿左右，咱们就天天都跟过年似的。"

　　沉默了一会儿，我又说："大豪，你给我留点儿面子，行不行？"

　　大豪耷拉着眼皮，"是，爸，怪我，怪我……"

　　"这三十八分儿给的是卷面分吧？够整洁，好几道题都没做。"

　　"是，爸，这后面几道题我要做的时候打铃儿了。"

我和儿子大蒙，站在废墟上拍照可能就这一次吧

"哦，那这么说，你会做？"

"我不会。"

我苦笑着拍了一下桌子，"那你跟我说这些，有什么意义？不要学那些没用的对答。"

大豪后来也乐了，他说："爸，我觉得我就随你一点。我觉得我特别幸运。"

他一直坚定地认为自己继承了我的幸运，因为我一直在跟他讲，我是有多么幸运。我很庆幸自己生在了大豪的爷爷奶奶家，在那个人们普遍挣几十块钱工资，身边儿的孩子见天吃开水熬白菜的年月，我能在家里吃上用大柴锅炖得满满一锅的羊排。我可以不受逼迫，不必忍受扭曲式的教育。是的，我不确定我是赢了还是输了，但我获得了更精彩的人生。我如是对大豪说，以至于每次我媳妇拦着我打牌，大豪总是说："让我爸去，他肯定能赢钱。"

而当他对自己和我的幸运产生一种迷信式的笃定时，我也不忍心告诉他真相：大豪，没有人能一直点儿兴。

人有时候也得相信报应。

1982年的夏天，那年我三岁，发哥大我一岁。

那年地坛公园的海棠熟得早，发哥叫我去摘海棠。我们从和平街十四区——当年北京城最拔份儿的居民楼里出来，横跨了三四条马路。到地坛的时候是上午十点，发哥自个儿上的树，我从小就不好运动，只得眼巴巴儿地在树底下接着。不一会儿，两个裤兜就揣满了海棠果儿。

当年那片北京市最拔份儿的居民楼就在这里

之后，我俩被当时巡视的管理员叫住，那人大骂"这叫偷！这是国家的东西！""让你家大人送五块钱罚款来！"我死死地攥着兜里的海棠不撒手。

我爸到警察局去报案两次，两次均得到走失儿童不超过24小时不予立案的回应。

我妈一人在院当间儿哭得昏天黑地，"孩子丢了，活不了了……"

我的记忆从那天下午四点，母亲见到我后破涕为笑开始逐渐变得清晰。她原本已气得不行，但听到我泪眼汪汪地叮嘱她一定要记得给人送五块钱罚款后，还是扑哧儿乐了。

年幼的我不仅禁不住吓唬，还勤奋好学。五岁那年，我如愿穿上了隔壁家小姐姐的花裙子在楼道里转圈儿，转着转着就从四楼转三楼去了。那次以后，我非但没有埋怨姐姐，还屁颠儿屁颠儿地在那年九月一号跟着人家去了北京市和平街第一小学。

于是我早于同龄人一年入学。当年那所学校的体育老师，今天依旧坚守在自己的工作岗位上。后来，他语重心长地对我说："杨磊，千万别把你自己孩子送咱们学校来。"

我问为什么，他说："因为咱们学校现在基本没有北京孩子了，我怕你怪我以后孩子说不了北京话。"北京市和平街第一小学，它现在的名字是"北京曙光打工子弟学校"。

这么看，现在的北京人，应该算是北京的少数民族吧。

其实我从来不是个坏孩子。我可能只是问出了一些不该问的问题。所谓不该问的，就是班主任老师不便回答的问题。也许是问题的答案，也可能是问题本身，让老师感到了难堪。

我至今还记得被劝退的那天早上，我的课桌出现在了男厕所。

老师说："你学习的地方儿就在那儿，你只配在那儿学习。"

当年我跟班里一个叫郑雁的哥们儿很瓷，听到这话，我一声没吭，背起书包跟郑雁说："走吧。"

　　班主任吓坏了，她怔怔地看了我一眼，随即对郑雁说："他已经不可救药了。"

　　郑雁也不说话，他三下两下地收拾完书包，跟我说："走起来。"

　　那会儿是上课时间，教学楼的走廊静悄悄。班主任从后门探出半个身子，"别跟杨磊学，你还是有希望的。"

　　那天之后，我请郑雁吃了五个北冰洋袋儿淋。但我至今仍然好奇，我一言未发，为什么结果是郑雁继续上学，我被开除了。

　　和平里是个聚人气儿的地方。

　　出身和平里的孩子主要有两条路：要么闯社会，要么搞艺术。当年撺掇我摘海棠的发哥，不出意外地走上了第一条路。

　　我只混过三天半。

　　当年和平里有个地儿叫"大坑"。大坑的周围，方桌下棋，圆桌打牌，唯独坑里打架。当年的小流氓约架，一说大坑，就都

趁着和平里还没都拆完，赶紧再拍一张

知道是哪儿。

　　我混过的这三天半，见过吹嘘自己"一把板斧把五十多人堵楼道里"，却连大坑都不知道在哪儿的假老炮儿；也跟过在长虹歌舞厅里和我抢手包儿做戏，我们三个人压了对方三四十人的大哥。

　　直到那个午后，我的大哥跟我说："把丫那副拐给我拿过来，咱玩会儿。"

那是个中年人，坐在我们家楼下的椅子上晒太阳，双拐拄在一边。

我嘴里含糊了一句："借你拐玩会儿……"

随即眼皮都不敢抬地夺过双拐献给了大哥。大哥接过来拄了一会儿，顺手就把拐撇在了一旁的灌木丛里。

1996年的那个午后，我最终没敢回头。但我分明能感觉到有一双眼睛在刺痛我。

有意思吗？我想那就是良心。

它告诉我：太操行了！

于是我赶在冬天来临之前搬离了和平里，关掉了自己的手机和BP机，把自己关进红庙儿人民日报社的宿舍区，那里没有人认得我。我的生活只剩下吃饭、睡觉和双卡录音机里崔健的《一无所有》、许巍的《在别处》，外加"无聊军队"和"枪炮玫瑰"。

几个月以后，我又一次跟最瓷的哥们儿夕野联系。这才知道他也关了自己整整一个冬天。

我说，咱们弄个乐队吧。

那一年我跟夕野的乐队叫作"戒严"，而后短暂改名为"导火索"。

1998年，我们终于找到了吉他手李培和前主唱王晓鸥，这才算凑齐了摇滚乐队的标准四人组。

哥儿几个凑一块儿吧嗒吧嗒抽烟，最终一致同意：以后想玩New Metal，并且，乐队的名字需要改一改。

鼓手夕野狠狠地吸了一口烟，享受了一会儿三束充满期待的目光。而后他沉吟半晌，坚定地说，我觉得，我们得叫"臭狗屎乐队"。

我感到非常意外。我说夕野，虽说咱们都没读过什么书，但我想如果叫这个名字，咱们应该不会有什么好发展。

当时我正好痴迷于一个加拿大乐队叫Silver Chair，该乐队第二张专辑叫作《Freak》，再加上当时乐队的全体成员都将传奇新金属乐队Rage Against the Machine视为神明，于是我提议道，我们不如就叫Freaking Machine，中文名叫"扭曲的机器"。臭狗屎就算了。

直到后来签约公司，人家告诉我们，你们Freaking Machine的翻译是"畸形的机器"，简称"畸机"，是不是有点不雅？

我说，那我们听您的。

1998年，乐队正式定名"扭曲机器"，英文名Twisted Machine，简称"扭机"。

我更喜欢这个简称——扭机。因为连我们自己也没想到，多年之后，我们会在迷笛音乐节的后台调琴，底下人头攒动，旌旗招展，这个国度里最热血的年轻人们扯着嗓子高喊着，扭机！扭机！扭机……

在摇滚的路上我选择了贝斯，尽管它被公认是"最不受尊重"的乐队位置。从业的初期，当年捧着《灿烂涅槃》和《麦田守望者》的摇滚青年们也十足地坚信，并装出并不比后来我儿子大豪所装出的高明多少的颓废，"练什么琴啊！赶紧躁起来。""会三个和弦吗，走，玩儿乐队去！"

只是后来凭着一腔热血弄出一张专辑后，我才无奈认头：得练啊，不练是真不行。

我有些不甘心地拜倒在一个自己原来看不起的练琴狂魔门下，我俩一块儿边看教学录影带边学。半年之后，我装了多半瓶子的醋，终于厌倦地掏出了一把玩具手枪对准了师父的脑袋。那哥们儿马上会意，于是一周两次的练琴局也成功地变成了火锅局。

但那并不妨碍我成了一个有些反常的、高调的贝斯手。在演出现场，很多不熟悉我的乐迷并不知道我叫老道，但他们依旧被粉色的贝斯所折服，激动地喊出了"老赵"。

于是我渐渐爱上了这种折腾的感觉。

虽然折腾也总是会付出代价的。

迷失北京

记不清楚是二〇〇几年的鬼节，我开着我那辆红色的小夏利，带着当年在嚎叫唱片工作，后来将"仔仔哥哥"带到糖蒜的老陈。

那时嚎叫唱片刚刚成立没两年，我跟老陈、万重乐队的BB共同打造了这个小厂牌，不自量力地在那个鬼节雨夜打造了"鬼节三惊"系列演出。我们在13Club找了八支英式乐队，在豪运酒吧找了八支金属乐队，在MAO找了八支朋克乐队，企图一举躁翻京城鬼节。

是夜，我跟老陈俩人心怀忐忑地在三个场子之间转悠着，真应了那句刮风减半下雨全完的话，平均每个场子满打满算也就不到二十个人。老陈从副驾驶看向窗外，雨点不留情面地拍打在车窗上，扭曲了老陈那张正人君子似的脸。

老陈旋即惨笑道："杨子，看来，鬼节三惊遭遇了滑铁卢。"

滑铁卢之夜不久后，金刚制作的乐队规模就扩大到了百支，"谢天笑""痛仰""二手玫瑰"和"反光镜"，这些现如今名字响当当的乐队，也都曾参与过金刚制作的演出。我们经历过鬼节雨夜滑铁卢，也经历过鼓楼MAO Live house火到把吧台里的矿泉水卖光的"致敬枪炮玫瑰"……

正如我们经历过"北京暴徒",也经历着"北暴兄弟",经历过糖蒜广播的仔仔哥哥,也经历着《北京话事人》。

大豪总是以为,自己能上市重点一七一中学是因为幸运,这所重点中学在大豪上五年级的时候与他所在的青年湖小学强制性挂钩,因此他可以不费吹灰之力地直升重点初中。

大豪不知道他是怎么上的青年湖小学。事实上,青年湖小学的体育老师,是我当年的一个朋友。

他当年是一支乐队的乐手。那年的鬼节之夜,他们正好在豪运酒吧演出。

演出当夜,乐队的贝斯手喝大了,跟酒吧的调音师起了争执。豪运酒吧的老板是我一大哥。为了平事儿,我跟老板说,哥哥,让我这几个小兄弟走吧。

直至后来,因为户口的关系,我举着钱都不知道怎么让大豪在东城上小学。青年湖小学体育老师就是当年被我救下的乐手,他联系我说："哥，这事儿我帮你办了。"

这是因缘，大豪，你得记着。

因为爸爸不是没错过。

1997年，扭机元年。那之前的冬天，我一直被一副如炬的目光死盯着。那是个只有摇滚乐的冬天，那也所幸是个"还有摇滚乐"的冬天。

儿子，你不会想到，当春天到来，我又一次推开窗户的时候，那时候儿我只有一个感觉：

春风是有味道的。

误打误撞成了一名
剃头匠

/ 孙越 /

我没有自命不凡，也不会自甘堕落

在故事开讲之前，我们约法三章：

1. 我不做洗剪吹。

2. 我不是洗剪吹。

3. 别叫我洗剪吹。

我没有自命不凡，也不会自甘堕落。

我就是一剃头的，您将要听到的，是关于一个二十八岁剃头匠的故事。

我叫孙越。这世上不知有多少叫孙越的人，多为同音，甚至同字。有唱歌的，有打篮球的，有说相声的。

我出生在北京市的门头沟，十二岁进城，赴垂杨柳一带读初中。和所有叛逆的孩子一样，我叛逆得有些过了头，最终因为"调皮"肄业。

家里人都说我太不让人省心，只有我奶奶说了一句："咱八成儿就不是念书这块儿料。"

因此我觉得人们应该承认的一点是：并不是所有人都适合活成世俗眼中的那样儿。接下来的故事，或许会让你开始理解我的想法。

我上了劲松职高。在此，我必须解释一下，我亲爱的母校是重点职高，在内行的眼中，劲松职高就是北京城里的蓝翔技校。

听来滑稽，举个例子：北京城里现在五星级饭店的主厨，有多一半毕业于劲松职高。这您还低看我们一等吗？

但当年的我，几乎跟您原先的看法一致。

我贪玩儿、调皮这点，直到今天也没改

我不知道该学点儿什么。那会儿我留长头发，跑学校一打听，说只有美容美发专业不管学生留头发，于是一拍脑门儿"就它了"！

我永远忘不了开学的第一天。有两件事让我震惊：

其一，想当初毅然决然投入美容美发事业，动机也并不单纯。我心想，这专业总得有几个像样儿的妹妹吧？一进班我傻眼了，四十七个人，全是男生。

其二：老师跟我们说的第一句话是，一人领一推子，两两一组，开始吧。大伙儿问开始干吗？老师一乐，开始剃头啊！

自那以后，大半个班同我抱着类似想法的瓷，都保持了三年的劳改圆寸。

男孩儿的第一次懂事儿，在我的十七岁如约而至。我终于意识到作为一个大老爷们儿来到这世上，不只是为了一个礼拜七天一天三顿饭而已。

我自然而然地开始学剪头、练手艺。我是班里为数不多的会在课后动动剃头刮刀的人。

你可以将其理解为既来之则安之，但说到这儿我应该严肃起来：我是敬畏手艺的。

在那个并不是人人都看过《寿司之神》，即使是煤老板都要把"工匠精神"挂在嘴边儿的年代里，我的内心正如他们所描述的那样，对这门儿手艺有着十分纯粹的兴趣，并对那些在胡同儿里拿着刮刀的老师傅们充满了敬意。

我甚至开始怀念那种景儿。我十七岁那年，2007年的时候，即使是在南城一带，也很难看到那种四块钱就能给你剃一次脑袋的路边理发摊儿了。

于是我自个儿支了一个。

我借了学校的铁椅子跟刮刀，当然是在校方不知情的情况下。在劲松中街兆佳商场边儿上，我假模假式地披了一白大褂，也不好意思吆喝，不好意思告诉人家我是干吗的。

我当然忘不了自己的第一个顾客。那大爷看我半天，走过来问我干吗的，我热情洋溢地问道："您需不需要剃剃头？"

"你这手艺行吗？小伙子。"

"我这旁边儿劲松职高的，您还不放心吗？"

"多少钱哪？"

"不要钱，来吧您哪！"

我颤抖着下了第一刀。那一刀的记忆如大爷沟壑纵横般的脑袋顶一样令我印象深刻：手起刀落，落刀处是一个近一厘米深的口子，刀刃儿陷在里面，我震颤着把刮刀拔出来，马上就知道了什么叫血流如注。

大爷很坚强，直到今天我都怀疑他是玉皇大帝安排的神仙下凡，最次也得是退伍老兵。一小时后，我给人脑袋上留下了七八个口子，只得马上收摊。

劲松中街一带的大爷大妈们，如果您们中的某一位看到了这里，我想格外真诚地致谢和致歉。那段经历对我真的意义重大。

如今这把刀我再也没刮破过一个脑袋

　　我未曾统计过，但北京城里还会刮刀剃头这门儿手艺，且三十岁以下的年轻人，我可能是为数不多的几个之一。没那段儿差点儿让人抄着铁椅子抢我的经历，我也就自然不会有这门儿手艺。

　　当然，我清楚：没这门儿手艺也能赚钱，毕竟现如今还有几个老爷们夏天剃光头的？

　　但是，那不是我真正在乎的。

在因私动用学校财产被母校没收剃头挑子后，我毅然决然地
自掏腰包置了把不错的推子，并且决定将伟大的慈善事业发展到
北京的东坝地区。

我逐渐和当地的农民工兄弟们熟识。我负责给他们免费剃
头，打的还是劲松职高的幌子，他们则管我一顿午饭。工地的盒
饭是真他妈香，因为那菜都是大油炒制的。

我义务给兄弟们剃了一个多月的头，临行前，还与他们的包
工头依依惜别，大哥叮嘱我以后一定要再来给大伙儿剃头，我满
口答应，但时至今日仍未兑现。

职高毕业后，我辗转多家理发店。我算是这个行业由一门儿
正常的营生沦为"洗剪吹"的亲历者和见证者，如你所知，我也
是业内人士之一。

但请别叫我Tony老师，更别说我洗剪吹。因为我不是这些
身份，而且对这样的调侃，我异常敏感。至于我那些亲爱的同行
们，他们最让我反感的一处在于：明明是个剃头的，偏吹自个儿
是艺术家。

客人刚一进门就撺掇人办卡，我觉得这事儿倒是挺行为艺术的。

我几乎是被逼着开始独当一面。私人工作室迎来的第一位客人，同当年那位大爷一样给我留下了深刻印象。那大哥一进门儿抢在我张嘴之前说了一句："哥们儿，我不办卡，不烫头，就理发，别跟我说话。"

我依客人的吩咐，在那天一言未发。

所以我不是艺术家，但我更不是洗剪吹。再一次，我从未自

我的手艺现如今精进了很多，但我不会忘记自己的第一个客人

命不凡，也不愿自甘堕落。

我很喜欢一部叫作《剃头匠》的电影。我觉得，我在那部片子里看到了真正的匠人。

"剃头匠靖大爷默默地在日历本上'老米'的名字上画了个圈——老主顾们很多都不在了。爆肚儿店新来的小伙计也很不懂规矩，于是只好打包一份肚仁儿，同家里的猫分而食之。今天跟昨天不大一样，但今天就是今天。"

"靖大爷的手开始微微发颤，但他的下刀依旧沉稳如昨。窗外冷风呼啸，寒气顺着围脖儿跟衣领间漏着的缝儿往胸膛里不留情面地灌。三九天了，天地之间都浸满了一水儿的青灰。"

我马上又觉得，我在那部片子里看到了真正的北京。

有时候，我的眼前会浮现出一个在劲松职高实打实地混了三年日子，至今仍一事无成的另一个自己。但事实证明，我早已变成让那个十七岁的叛逆少年所无法理解的，另一种人。

而每当这个时候，也只有手头的这把刮刀能带给我一些现

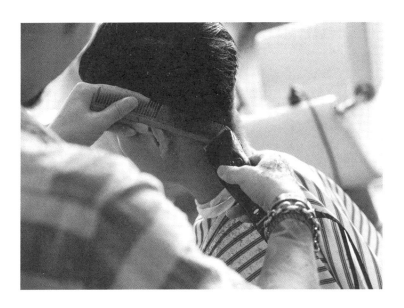

实感。

　　五年，我在这间可以北望"大裤衩儿"的屋子里给人剃了五年的头了。

　　五年来，我再也没有下错过刀子。

我是冯裤子，
谁说我是缝裤子的？

/冯裤子/

门口的小胡同，这"二八"车要搁过去，

一般人还真置办不起

1998 年，我意外性地失去了记忆力。

在那场令我猝不及防的脑瘤手术之后，1998 年至今，发生在北京城里的大小事情，都难以给我留下什么特别深的印象。

而在那以前，我拥有特异功能级别的记忆。

小伙伴儿们都这样说我，我也自忖脑子确实不错。以姥姥家那间方圆五十平方米的房子为圆心，半径三公里内的胡同儿，我能够对其中每个细节都了然于胸。

但现在我记得不多。记忆好比是汽车的前挡风玻璃，时间是上面的浮尘，而天杀的是，有人折了我的雨刷器。

现如今我依然不能一跃而上

　　等等，我还记得一个细节。姥姥家院门口儿的左边，有一座颇气派的宅子。左右边儿有俩石狮子，当间儿是不知被多少双鞋擦得锃光瓦亮的四级台阶。我跟我的发小儿就比这个：你一下儿能迈上多少级台阶儿，迈得越多越牛。

　　迈一两级的基本是个孩子就行，三级就有点难度了。我最终光荣地步入了能一下迈上四级台阶的名人堂。但也就是在那次手术之后，我再也不敢那么做了。

　　正如刚刚所说，我打小儿就在后海这片儿姥姥姥爷家的这间平房里长大。后来二老先后故去，我就自个儿守着这房子。我不打算搬走，漫说给我一套五环外的三居室，就是在二环里再给我找一个比这五十平方米还大的地儿，我也不搬。

　　我想守着这点儿念想。毕竟家里的鹿牌暖瓶用到今儿个也没什么大毛病。床边儿上那床头柜跟五屉柜，都是当年我爸找木匠给打的，它们都比我岁数大。

　　小学我上的是黑芝麻胡同小学，中学上的是北京一中。说来也巧，这两所学校都是1644年建校。所以我觉得，我喜欢北京城的这种传统文化，可能是从命里带出来的。

如果你认得这些，那说明你真的老了

北京一中搁以前叫八旗子弟学堂，打从清军入关那会儿就有了。因此我听不了周围的人吹自个儿的学校或者校友。

他们问我：裤子，你们学校出过谁啊？

我往往略一沉吟：也就是老舍、曹雪芹？

他们立马儿就不言语了。

初中那三年，是我迄今为止人生最快乐的三年。教育要教育出人才来，不能耍势利眼。

好比前些日子我外甥他们小学布置作业，说是老师让孩子们找社会名流合影。我一开始都没闹明白，心说我算什么社会名流啊？

但北京一中就都是人才，尤其是我们那班，堪称群英荟萃。

我们班有学霸，年级前三都在我们班，我当时是排班里第四，年级大概在五十名左右。漂亮姑娘也有，有的是！

而与此同时，我们可能也是全年级最淘气的班，甚至淘上了《北京晚报》。全班的业余爱好就是往窗户根儿底下扔粉笔头，平均每天得上教务处续三盒粉笔。有一回说巧不巧，命中了某著名报社的老编辑，一中学生的光荣事迹便在隔天顺利见报。

我学习不坏，毕竟全班第四。但我唯独不学英语，因为英语没道理。您看咱汉字就讲理，好比一个"伞"字，你看它就像把伞。那凭什么"apple"就是苹果？就几个字母那么一排就是苹果了？我非说它是屁股。

如今的北京一中

趴窗户根儿的老师，那是我小时候最讨厌的。于是我顺理成章地充当了给全班同学
放哨的角色

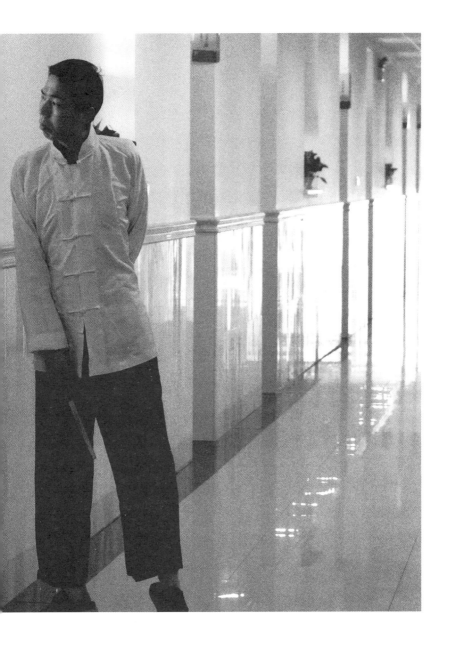

"老天有眼，就我这什么都不会的，高考英语愣蒙上了57分。我是一道题都不会，编答案我还不想都选 C 似的那么编，"ACDDC，DCDAB"，必须得合辙押韵，在点儿上。

老天爷的眷顾让我顺利考入了大学。那四年里，我干得最多的一件事儿就是给人攒局，攒饭局。同学请客都跟我说，请多少人，想花多少钱，最后上馆子吃什么我定。虽然跟《打工奇遇》里那"饭托儿"的定义有所不同，但这段经历倒是为我日后混入餐饮界打下了坚实的基础。

我是个固执的人。这世界让我产生了很多奇怪的想法，我会在人生的某一阶段视之为真理，并十分坚定地深信不疑。好比我打小儿就想明白了一个道理：假设这世界上就我一个人会扫地，那我必然能够通过扫地成为全球首富。

我还是得说回1998年，那一年改变了我很多的想法，也成功地将我从一个毛躁的孩子转变成为一个相对沉稳的人。自那以后我开始看《易经》，脑子里更多的想法由此而生。

好比我觉得，中国人只是在口头上承认：大禹治水，变堵为疏。但实际上他们压根儿就没这么做。我到今天都不抽烟，是因为六岁那年点炮仗，我爸也不知怎么想的，一把就把烟塞我嘴里了。因此到今天我都对香烟敬而远之，因为我知道那玩意儿他妈的有多呛。

后来我混演艺圈儿又是个例子。身边儿好多朋友问我，跟我打听演艺圈儿那点事儿，然而我对此的确是知之甚少。人家都快成两口子了，我还傻不愣登地保持着愚钝。

我三十六岁，没结婚，但我没觉得什么。我们的上一代却觉得，自个儿幸福不幸福不是自个儿说了算，是爹妈说了算，甚至是街坊四邻说了算。

所以我总跟我妈说："您甭听他们念叨我没结婚不上班，他们恨不得我要了饭才痛快呢。"

别他妈老惦记我，我最怕别人惦记我。像我这种没什么昂扬的斗志，又没什么坚强意志力的人，就适合当小老百姓。

但是，你别指望我说违心的话，我活这辈子，得活出这根骨头来。谁好就是好，谁不行就是不行。

往小了说，那天我跟胡同儿里卖煎饼那家儿拌嘴，名字咱不提。

我说他两句那面不灵，他立马不干了："你吃过纯杂面的煎饼吗？"

我回他："废话！我还不知道不能是纯杂面的，您拿棒子面儿给我包回饺子试试？那他妈成说相声的了！您这纯白面是糊窗户使的！"

我再一提拉那酱刷子，滴滴答答往下流汤儿："还不服气吗？您这叫水掺酱啊！总之这煎饼让天津人吃，准得先损你再抽你。"

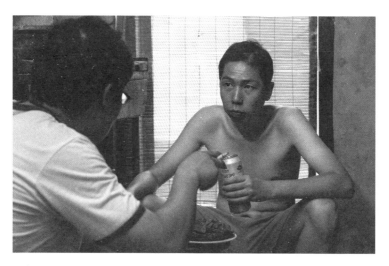

因为好吃，我跟许多饭馆老板走得很近。《老炮儿》里上后厨吃饭的场景，于我来说就是家常

因此我其实挺羡慕外地的。外地很多地儿没有那么多外地人，他们能把本地的文化保留下来。

但北京的文化是断代的。我自个儿有个自诩十分恰当的比方：城外头的人架着柴火烧你这城，城里的这帮所谓的"北京孩子"，张嘴就是"炸酱面没八样儿面码儿没法吃"。我就问问你，那会儿没大棚的时候，春秋季节您上哪儿找水萝卜，冬天您上哪儿找黄瓜去？

就是这帮孩子，嘴里叫唤着"你破坏了我们的文化"，手里往城外边扔木头块子——其实是给人续柴火呢。

我想起有一次在望德楼吃早点，对过儿坐一老太太。跟人聊两句，老太太眼泪快下来了："哎哟小伙子，我可算又听见北京孩子说话儿咯……"

在北京，听见北京人说话，是一种奢侈。

我叫佟磊。但其实，几乎只有我家里人叫我佟磊。我神神道道的，初中同学都叫我半仙儿，高中同学都叫我老道，上大学了大伙儿叫我道爷。

这是我在家门口弄的新店，做咱老北京的小吃

钟鼓楼中间这片儿"文化广场",搁以前是北京最浪漫的大排档

大三那年，我参演了《与青春有关的日子》，从此人们都叫我冯裤子。

其实青春就是一种成长。我特别幸运的就是，青春里迈的每一步，要么有高人指点，要么就是自个儿给自个儿把脉把得特别准。

都说是青春不悔，能不能做到真的不悔，这很难说。我从上中学开始就有人说：你丫的提前进入老龄化了。

现在我能装嫩了，他们丫的都成小老头儿了。

现如今，我的记性依旧很差，只有两件事记得清楚。一样儿是剧本，一样儿是上顿饭我吃的什么。并且，我毫不介意大家都管我叫冯裤子。

坚持初心的
说唱男孩

/孙骁/
站在台上说唱的我

飞机缓慢下降，地面也不遗余力地拉近与我之间的距离。

位于座椅前方的屏幕告诉全机舱的旅客，距离北京市还有一千公里左右的余程。我木然地盯着模拟仪表盘上的各类参数，思忖自己应该正盘旋在乌兰巴托的上空。舱外温度是零下六十摄氏度，我猜这就是所谓的高处不胜寒。

邻座的她精致的妆容未褪，却也掩盖不住眉头间的倦意。我有些心疼，不知第几次地把掉在地上的毛毯重新披在她身上。面前的航空餐早就没了热乎气儿，《疯狂动物城》演到了第九十分钟，而我对前八十九分钟的内容一无所知。

最熟悉又最陌生，最依赖又最无法依靠的北京，我回来了。

这座城市将会在几个小时后出现在我的面前。我似乎有些不知道该如何面对它才好。

马上，睡意像是位姗姗来迟的朋友，叩响了我的脑门。

2009年，鼓楼MAO Live House。我印象中的北京可能还是那个样儿的。深夜，文艺青年们心中神圣的铁锈红色大门缓缓关上，我跟孙旭、奕文拿了属于"龙井"的第一笔演出费：人民币100元。

几个学生模样的歌迷围在我们身边，他们是真喜欢，喜欢到可以从石景山和门头沟坐几个小时的车来看"龙井"。深夜十二点，他们回不去家了，只能去旁边儿的麦当劳忍着，一忍就是一宿。

那会儿是真苦，也真是快乐。苦到哥儿仨一场演出挣100块钱，演出结束再掏200块钱给大伙儿买鸡腿堡的套餐，但那200块花得真是特别高兴。

那之后，《归》的一夜爆红，是我们谁都未曾想到的。

至今仍无比怀念当年的演出现场,
那让我感到热血澎湃

为了送"龙井"的第四个哥们儿奕寒，我们哥儿仨在家里录了那首《归》。单声道录制，没有混音，几乎没有后期，无比简单的一首歌儿，我现在也会承认，它的确是无比粗糙。

印象中把《归》发到当时的163888分贝网（顺便提一句，当年给爱玩儿音乐的孩子们留下无数美好回忆的163888，现如今早因涉黄被查封）后，我跟孙旭、奕文就直接奔山西阳泉演出了。

演出结束，高树给我打电话（"北京市成功人士"高树是我发小儿）。

"哎，你们干吗去了？是不是弄那首新歌去了？"

我说不是，一个普通的商演。

"你们那首歌儿播放量已经三百万了！"

我们的的确确是惊了。因为在转过天回北京的路上又被告知，《归》的播放量已经突破了六百万。一段时间以后，就连街上的理发店都在放我们的歌。

我这才意识到,"龙井"火了。"龙井"甚至火在了资本介入说唱圈之前。

那会儿我们接演出,一口气儿接一百场夜店的商演。哥儿几个咬着后槽牙要了一场五千。跟我们同台的是另外两个歌手,我们第二个演。我这才知道,其实干露露和陈小春一场就是二三十万,他们干两场相当于我们干一百场。

挣钱是没个够的,像我们这种之前没见过什么大钱的穷小子,根本不知道钱是怎么挣的。而事实却是,人们永远只记得你那一首《归》,那首在你看来并不算是特别精品的东西。可帮你挣着钱的,又恰恰是这首《归》。

也就是在那种矛盾中,我感觉自己应该离开北京了。

最早是陪着媳妇儿去澳洲留学,之后还是放不下音乐,又去了洛杉矶做歌。洛杉矶的街头,我跟三个哥们儿在没有持枪证的情况下一人买了一把手枪,车行至市中心,距录音室只差一个路口的节骨眼儿上,我一不留神闯了个红灯,马上被身后的一个骑警拦下了。

即使后来做了新歌，台下的观众依然只认你一首《归》，这也是让我们特别无奈的

　　那能不慌吗？即使在强作镇定地跟警察逗贫，但我的心都提到了嗓子眼儿，仿佛再喘一口大气就能吐在方向盘上。

　　警察最后跟我说："知道为什么这么快就放你们走吗？"

　　"不知道。"

　　"因为你们是中国人。我们应当是朋友。"

我不知该如何作答，就如同我不知他是假意还是真心。有人说长大是一瞬间的事儿，某种叫作责任感的东西会在某个时刻迎面而来，随后将永远挂在你的身上。

背井离乡总是痛苦的。当你在厕所点着一根烟，边抽边刷朋友圈的时候，偏有那种人给你发自己吃铜锅的小视频。那孙子拿筷子夹了肉，蘸上麻酱送到嘴里，边嚼边说真他妈香的时候，我是真的哭了。毫不夸张，一滴眼泪流到了嗓子眼儿上，我可能哭的是自己的这份儿没出息。

2018 年了，我的北京，又成什么样儿了呢？

这一年的年初，我 28 岁。生日那天我突然发现，自己已经不会再为自己许什么生日愿望。那些年年希望能走起来，能走出去的愿望，恐怕是再也不会有了。虽然我依旧固执地觉得，心底里的孙骁还保持着一个十七八岁的不羁状态。

这一年的年中，我爱的说唱又火了。它在祖国的大地火得一塌糊涂。"龙井"在不知不觉间成了业内的老炮儿，业内走起来的新人，也开始用说唱接卫生巾的广告了，那是我看不懂的。

这一年，我决心回到北京。

北京变了，变的不只是市政规划，变的还有人情世故，但我总觉得某些将得未得的东西在这里牵绊着自己。多年来的四海为家，让我在到达一个新的住所后不会把行李箱里的衣服挂在衣架上，因为五天之后又要出发了。

航班的高度又一次降低，困意褪去，我强迫自己清醒。依稀可见脚下的河山都市，以及一个锅盖式的混沌的雾霾外壳。罢了，毕竟这是家。我又可以回家了。

飞机落地了。

/赵宽/

我是一名文身师

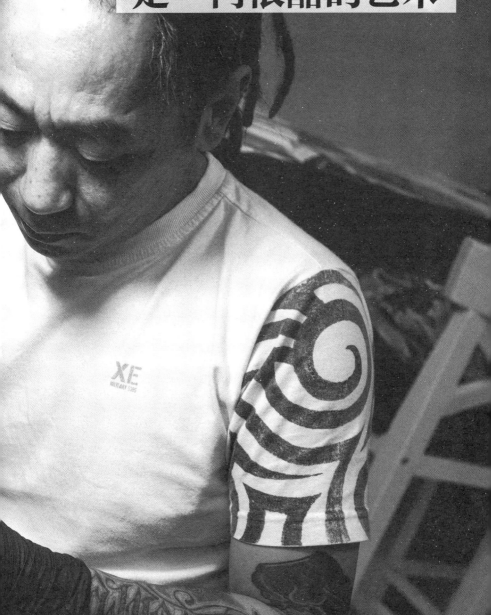

在我心中，文身
是一门很酷的艺术

"哎，哎，你这小孩儿干吗呢?！"

于是我不明就里地抬头。我需要将脸抬得很高很高，才能看到另外一张死板着的，怒吼着的，又似乎像在竭尽全力避免拆穿自我的脸。

那张脸似乎是在指责我，甚至是威胁，一个对这个世界还不存在任何威胁的六岁顽童。

1976年，那一声呵斥把我从混沌的思绪深处唤醒。我似懂非懂地将小手儿从大红纸上移开。大人们慌忙过来帮我打马虎眼，我这才免了沦为现行反革命。

大红纸是不可被触碰的，我后来才知道这一点。

我生于1970年，在西苑机关100号——国际关系学院家属楼长大。孤零零的大院儿突兀地戳在北京的西郊，与之一墙之隔的便是中央党校以及当时还没有围墙的圆明园。

说来，我也是大院儿子弟。小时候最喜欢的，却是跟周边农村的孩子玩，下河摸鱼，上树掏鸟。

开春儿的时候，趁春泥未化，拿铁锹奔垄子地里挖泥鳅，勤快点儿的半天就能挖出小半桶；夏天粘知了，粘竿是用截面正好合适的竹子拼出来的，最顶配的是竹梢子，梢子上粘着小火慢熬猴皮筋和听诊器管子（这玩意儿可不好弄，胜在黏性惊人）制成的胶；秋天偷老乡地里的黄瓜，那黄瓜真香，正吃得高兴让老乡逮着，伸出舌头来都是绿的；冬天自个儿做冰车、冰鞋，就在稻田里滑冰玩儿……

那段快乐的日子里最大的心事儿是谁又发现了附近的马蜂窝，什么时候这马蜂窝让我们捅掉地上了，这事儿才算放下。要是没捅下来，就是一大事儿。

没有比悬而未落的马蜂窝更大的事儿了。

直到 1976 年。

那年，除了我一个六岁小孩儿差点被抓成现行反革命，还有两件大得不得了的事情。

那年的夏天，我们家说巧不巧地搬到了大院儿正当间儿的一处平房里。7 月 28 日凌晨，家里就开始晃，父亲还安慰道："没事没事，房上掉下来几片瓦。"

但很快我发现事情没这么简单，因为筒子楼里的街坊四邻全围到了我们家那小院儿的四周。那之后的几天，大院里的广场上支起了不计其数的地震棚。我跟几个小伙伴废寝忘食地在地震棚里面玩打仗，大家都高兴坏了。

几天后我听说，跟我相熟的两个小姐姐，她们俩的父母当时恰好都在唐山。

人怎么会死呢？我感到无法理解。

一个多月以后，整个大院儿里的人们忽然间都开始哭天抢地。人们围坐在每个楼层临时搭建的灵堂前面，一边叠小白花，一边啜泣不止。我在一旁半是困惑半是好奇地看着。大人们或许也同我一样，有着一样的疑问。

那之后我碰到了吴海遥。

估摸着是下午四五点，大伙儿都该回家吃饭了，我也正往家里走，却迎面被吴海遥拦下。

"哎，小孩儿，你上我家去吧，我给你画张画。"

"画什么画啊，我要回家吃饭。"

"你来，你来我就给你糖吃。"

十分钟以后，我便含着两块酸三色乖乖地坐在吴海遥家里的椅子上。她家就一间房，但是很大，我坐在正当中的椅子上吃糖，她同我相向而坐，抱着画板一声不吭地画画。

两个小时以后，吴海遥叫我。

"哎，我画好了，你来看看！"

"咦……就是我！"

我惊呆了。人是怎么用一支铅笔做到这些的呢？

那天我自然回家晚了，还兴高采烈地跟我妈说今天吴海遥给我画画来的，她画得特别像……

"谁让你去她家？她……她是个疯子！"

"她不疯啊……她还给我糖吃呢！"

"以后不许去了！"

我言听计从，再也没去过吴海遥的家。

一个月以后，我听到我爸有一天回来跟我妈说："你知道吗，那天我亲眼看见，吴海遥从咱们院儿最高的那楼上跳下来了。"

我瞪大了双眼。

"我记得旁边有一淘粪车，淘粪的那大爷还捡了根儿骨头……"

我并不害怕，也许是因为年纪小，但我还是奇怪：人为什么要死呢？

我想，人的记忆或许总是倾向于将他人美化。我记忆里的吴海遥长得很漂亮，圆圆的脸，十分清秀。她家里似乎还有海外关系，也许恰恰因为如此，她父母很早以前便不跟她一同住了。自那以后，吴海遥就成了人们口中的"疯子"。

在那个年代，在我们那个大院儿里，有很多很多这样的疯子。

事实上吴海遥从未教过我任何东西，但我至今认为，是她给我开的蒙。

自那以后，我开始疯狂地画画，甚至到了午休一个小时都要跑回家画张画再去上下午课的地步。

长大一点儿后，我住过一段时间的胡同儿。那是我姥爷家，就在宣武门教堂的后身儿。

宽哥手绘稿了解一下

宣武门的那处房子一九九几年就拆了，那应该算是北京城最早被拆迁的一拨儿。那会儿我从大院儿出发，在颐和园门口坐332路公交，到动物园转102或103路公交，在宣武门下车，奔姥爷家。有时候也奔蒋宅口，那是我大舅他们家。大舅家里哥儿六个，都好玩儿鸽子，有时候还招别人家的鸽子，因此每回去他们那儿我都能蹭着鸽子肉吃。

胡同儿里的生活是很平静的。

印象中那个时候就有北京地铁二号线，一到夏天，很多人就在宣武门那块儿的地铁口扎堆儿聚着，因为地铁口有凉风吹上来。人虽然多，但永远都是某种按部就班的状态。

我觉得那真是和谐社会。

那会儿我经常在家里头陪我姥爷。我姥爷是个特有意思的老头儿。

老人家曾经也富足过，当过地主，又当过资本家，最后亏得我姥姥反应快，大半夜把家里留下来的金条都扔到了粪井里，这才为姥爷捡回一条命。

老头儿就此变得心大：收藏的碑拓扇骨、文玩杂项让虫子咬了，便随手一撇；馒头饭菜长毛了，拿蒸锅熥熥接着吃。八十六七的人了，见天儿骑个"二八"车满北京城跑，要么上蒋宅口我大舅家，要么骑到西苑看我爸妈去。

有人问他长寿的秘诀是什么。

姥爷说了能让我记一辈子的俩字儿：心正。

我可能就是心太正了，一直正到了我考大学的那一年。

那一年全国大学生集体春游。我本来已经手拿把攥一纸工美的录取通知书，谁承想工美当年因巴特勒迪的雕像设计出现在了不该出现的位置而被迫停招。我一气之下复读一年，转过年来便弃笔从商。

我当过票贩子。一个暑假赚了200块钱，马上就花了195买了双乔一。后来做过运动鞋。当年的开拓牌运动鞋，卖90外汇券，一天能卖出一万双——不是没人买了，是供不上货了。那年我们做的开拓就是乔一。

直到真的厌倦了尔虞我诈和钩心斗角，厌倦了被领导管着，也厌倦了管别人。那一切的经历让我觉得，我只能自己管自己了。

2000年，我在接触文身这回事儿后不久，便开了自己的第一家文身店。

其实文身就是画画，以针代笔，往人身上画。这活儿一干就是二十年，我有时候自己都不知道是为什么。也许只是单纯地觉得与跟人接触相比，跟物接触的时候，我的心里至少是舒服的。

我终究还是没能逃脱成为一个匠人的命运，似乎就在含着那颗酸三色的时候，这一切便注定了。

我时常会想：也许有一天自己的这份儿手艺，也终会被机器替代。

也许吧。

但机器替代不了的，说来讽刺，却恰恰是手会犯下的错误。

其实文身就是画画，以针代笔

因为手工的意义就在于不完
美，这种独一无二的缺憾，往往就成
了美。

一如这个有瑕疵的时代。

一如每一个有瑕疵的时代。

关于我的
不善言辞

/付涵/

我不敢说对一切新的东西都感兴趣，
但自认是一个喜欢向前看的人

北京的深秋里，我被出租车拉着，通过拥挤的东三环，穿过波光粼粼的国贸桥一带的外立面玻璃，赶奔与付菡约定好的地点——三里屯北街一带的一间咖啡馆。在路上，我的脑海里除了后海大鲨鱼的主唱付菡，还隐约闪动着张蔷、娄烨和王家卫。这些名字共同构成了一个十分不明确的有关20世纪80年代的印象。

"一个思想和台风同样古怪，喜欢霹雳舞、机车和日本漫画的摇滚乐队主唱"，那可能是付菡，也极有可能不是付菡。

见面的咖啡馆里有一种不属于三里屯北街的喧嚣：衣着得体的意大利男人不耐烦地等待着自己的浓缩咖啡，而他的两个孩子正试图发出比蒸汽咖啡机更大的噪音。

我本以为在这个季节里，这条街应当如它在网上的样子一般高冷。这个地方，三里屯北街，坐拥着多家外国大使馆，外加被誉为北京城最美的银杏树丛。有意思的是，银杏树的叶子还挂在树上时，你几乎很难察觉到它们的存在。

付菡姗姗来迟。

她穿着黑色的大衣，双手插兜，围巾一丝不苟地裹在脖子上，戴了毛线帽，配了雷朋经典款的太阳镜，她全身上下唯一裸露在外的肌肤只剩下因消瘦而略微凸出、雪白且清冷的颧骨。

我们稍做寒暄。付菡说："说实话，我个人是不太愿意参与到青春这样的主题里面去的。我们试试看，我也不确定你们是不是可以得到你们想要的内容。"

我感到一丝局促。

"轻松一点吧，不要有太多感人的东西。"

显然，谈话并不因我的局促而延迟开始。

在那家咖啡厅的窗外，超哥拍下了这样一张照片。付菡晔睨着郭思遥，而我则给了超哥
一个不安的后背

"喜欢霹雳舞、机车、日本漫画和一切新鲜事物，这是你吗，付菡？"

付菡毫不犹豫地反驳："是这样，现在大家在网上所能查到的关于我的很多资料，大部分都来自2004、2005年的时候。那都是很久以前的事情了。因此，很多人见到我的第一个问题都是，你喜欢霹雳舞和机车吗？这让我觉得很尴尬。"

我默默点头。

"新的东西我肯定感兴趣。不敢说对一切新的东西都感兴趣，但我自认是一个喜欢向前看的人。"

坦白讲，这样的回答对一个采访者来说显得很残酷。因为谁都不得不向前看，但是谁的前方都不尽相同。

我决定继续自己所构思的诱导问题："那么，我们不妨从乐队成立开始聊吧？"

"我是因为看演出而萌生了组乐队的念头，就是这么简单。你每一天都是站在台下看，然后突然有一天你看的时候，你发

现自己也会做这件事情。那天，我打电话给了曹儿（曹璞），
他打电话给了我们的贝斯。其实这件事情就是一个很随便的
开始。"

　　服务生应两位意大利小朋友的要求合上了百叶窗，付菡随
即摘掉了自己的墨镜。他们说，付菡很性感，我想那是可以被认
同的。

　　"那么，后海大鲨鱼的名字是怎么来的？"

演出现场，付菡和乐队成员在交谈

付菡一乐，"我记得我们当时起过一些特别可怕的名字，比如'俱乐部'。"

一直在旁边静坐的郭思遥搭腔道："姐，我觉着您这个一点也不可怕。扭曲机器乐队当时想管自己叫'臭狗屎'。"

付菡慌忙反驳道："不不不，我觉得最可怕的名字在于起名字的人硬要给自己拗出一个很洋气的名字，臭狗屎一点都不可怕。"

我无意分辨"俱乐部"和"臭狗屎"哪一个更可怕，遂示意付菡继续。

"后来我们在后海边儿上散步的时候，很偶然地，看到了一个莫名其妙的牌子，上面写着'谁要动我们的东西，谁就是我们的孙子，后海大鲨鱼'。"

"然后这就成了你们的名字？"

"是，我们都觉得这挺缺的。"

我听得兴味盎然，"然后呢，当时是怎么定义自己的音乐风格的？"

"我当时喜欢Dance Rock，也就是能让人跳起舞来的摇滚乐。它没有任何的定义。你可以叫它车库音乐或是随便什么，我不是很确定。我本身不觉得我应该做一些纯粹的东西，因为这样就很无趣，你总是希望在当时的环境下创造出一些别人没玩儿过的东西。"

在我试图归纳出这段模棱两可的回答的中心思想时，老郭又在一旁搭茬儿道："那么玩音乐的，最初想过放弃吗？"

"当时想过放弃的唯一理由，就是觉得我们四个碰撞不出火花了。或者说是，无趣了。"

我追问："那么乐队的成员之间是怎么碰撞的呢？我之前听说，你在创作音乐的时候大多是采用绘画和别人沟通的？"

付菡听罢半晌无语，我冷汗直冒，"所以我的消息又过时了？"

后海大鲨鱼演出现场

付菡没有表情地答道："可能确实是我们乐队的宣传做得不够。"我们两人都一乐，"是啊，最一开始我会更多地用画面去跟他们沟通，或者我会用唱去和他们的音乐做一个融合。是这样，我妈妈原来是弹钢琴的，小时候我当然也会被逼着学钢琴。但毕竟是小孩子嘛，不太能坐得住，于是当时就去画画了。小时候在学校里也是属于那种中不溜儿的学生，被逼迫的时候，你会激发自己的潜力来跨过及格线。我上学的时候，学了画画，学了建筑，还有平面设计，而现在我在做音乐。所以一直在跳来跳去。"

付菡说到这儿顿了一顿，"刚刚你的问题是什么来着？"我也愣了几秒，这时摄影师张文超推门进来，众人又是一通寒暄。

在那通寒暄的空当，我已渐渐确认今天的聊天将很可能是这本书的写作过程中最艰难的一次对谈。往常，谈话进行到这个时候，高树已经约了他的第三场架，冯裤子正在详解他的高考英语是怎么蒙上57分的，孙越给老大爷开了瓢儿，马顿进了国企上班，三牧又失眠了，张承终于接到了《余罪》……

简而言之，他们都已进入状态，正乐乐呵呵地带着我游走在他们的回忆里。只是今天，坐在对面的付菡，拒绝透露自己的过去。又或者，按她的话说，"轻松一点吧，不要有太多感人的东西。"

付菡问道："我们说到哪儿了？"

我回过神来，"所以你后来是怎么写歌的？"

"哦对，慢慢地你当然就会学习很多关于音乐的东西，逐渐地用音乐的语言去表达音乐。"

我挠挠头，"不妨举个例子说？我相信大多数人听后鲨，印象最深刻的应该就是《猛犸》了吧？当时写这首歌儿的时候发生了什么？"

付菡道："那当然就是你喝多了以后，脑子里自然而然蹦出来的画面。那天我们确实喝得很多，很开心，喝到天亮了，坐在出租车里回家，你就感觉，你坐的不是出租车，你是被一匹马拉着，在这个城市里面飞。"

老郭在旁边一乐，"看来我们还是应该边喝边聊。"

但显然，除了老郭，在场的几位谁都没有从中午就开始觅酒的习惯。

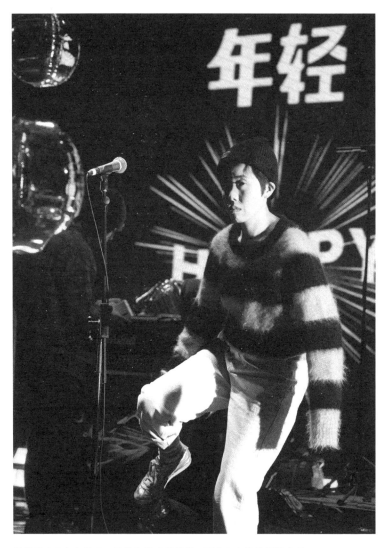

虽说晚上8点才演出，但是为了确保效果，下午1点就开始调音了

我赶忙抛出另一个问题："带你们领略不一样的21世纪，这是一种反讽吗？"

"我说过这话？"

"搜索引擎告诉我你说过。"我汗颜道。

"嗯，这听起来倒像我说的。不啊，这不是反讽，这倒是出自真心的。21世纪初，我们对这个世界充满了幻想。21世纪对我们这个年龄的人影响真的很大。简而言之，21世纪这个词对我就很有吸引力。"

"那么，21世纪已经过去了将近20年，你觉得它与你当年所想象的21世纪真的一样吗？"

"21世纪跟我幻想的不一样，也没有落差。它与我幻想出的那个21世纪之间的关系，更像是一个平行世界。"

我接着问道："你看，你一边说，你是一个向往未来的人；一边又说，'只有我好像停留在teenage的那个梦里'。"

付菡："我说过这话？"

我尴尬地闭口不答。

付菡接着说："其实吧，很多话加一个'只有'，就变了意思。换言之，我从来没有从一个外部的角度去审视过自己，因此完全没有注意到你描述的那些标签。我依旧认为，自己还是一个向未来看的人。此外，我本质是一个乐观且容易焦虑，又时而容易变得很悲观的人。但整体而言，我还是一个偏向乐观的人。"

我的思绪随着付菡对自己乐观的笃定而飘散。那一刻，我甚至有些羡慕她的乐观。但无论如何，我需要祭出最后的杀招："我们聊聊北京吧。全国巡演外加经常出国，我想知道你现在对于北京的感觉是什么样的？"

"你会对北京的四季变得更加敏感。"

几个人半晌无语。

我犹豫着问道："比如？"

"比如秋天。"

我们同时看向窗外。

果然，银杏树的叶子开始恰合时宜地飘将下来。北京秋日的太阳，掩饰着刚刚经历夏天的人们所不能适应的寒潮。

"这就是非常宝贵的时间。"

"那么现在想到北京城，会有什么第一印象吗？"

付菡没怎么犹豫地答道："其实跟很多老北京不一样。我对北京的印象是'国贸'。"

我一阵恍惚，眼中全是波光粼粼的国贸三期的外立面玻璃，"不觉得北京的国贸、三里屯、中关村……是一个有些尴尬的存在吗？"

付菡点头道："的确。在这个没有逻辑的城市，我反倒喜欢这种很超现实的、魔幻主义的东西。好比你在国贸散步时会突然蹦出来一个摩的。中国就是这样，它在同一个时空里什么都存

站在三里屯北小街的付菡

在。这样才有意思。"

　　我本觉得谈话可以就此圆满，一旁的摄影师张文超也已经开始收拾设备，老郭甚至已经走出了咖啡厅，飞快地点着了一根中南海。

　　这时，超哥的媳妇问道："付菡，你总说自己是一个更喜欢聊未来的人。但你看啊，抖音这么火，快手这么火，就连《一起学猫叫》这种歌也火得不得了……简单地说，在这个娱乐至死的时代里，你该怎么确保乐迷能理解你所阐述的东西？"

付菡想了一想，"其实我觉得，这挺难的。"

我有些惊讶地瞪着她，即使是在这次很难称得上成功的对话里，付菡也从未承认过任何一个问题的挑战性。因此她承认困难的事情，一定真的很困难。

"让大众都能接受的审美是最难的。其实，流行文化是最难的。"

在那天的聊天结束后，因为担心素材不够，一行人又在寒风中强行攀谈起来。出乎我们意料的，此番，付菡的话也渐渐多了起来。谈到自己的困惑，付菡问道："你们年轻人（几个人都笑了），现在还会去看现场的演出吗？"

我们几个人纷纷表达了自己的观点。简而言之就是，很难。

再一次，北京的深秋，令人尚且无法适应的冷气直往骨头缝儿里钻。

台下的观众里依旧可以看到熟悉的身影

　　我一边像只不安分的兔子一样左右脚交替地小幅跳跃，一边表示："别说是现场演出，现如今就连最喜欢的音乐人做的专辑，也很难心无旁骛地听下去了。"

　　说到这儿我猛然间又想到张承说的：鼓楼这一片儿已经完了。这事儿跟MAO关不关门没什么关系，只是当年一起玩儿的那群年轻人不在了。更重要的是，现在的年轻人不爱来这里玩儿了。

　　付菡接着说道，过两天后海大鲨鱼要办专场，自己现在正在为卖票发愁呢。经纪公司只管发个微信推送，余下的票怎么卖全部要靠大鲨鱼自己。而包括付菡自己在内的乐队哥儿几个，都对自媒体时代的传播规律一无所知。

　　我不知该做何解释。付菡只穿了一件呢子大衣，但她看起来似乎完全不觉得冷。

那天我们送别付菡。我目送她重新将自己全副武装起来。我深切地知道，她并不是那个我臆想中的复古女郎，相反，她比这个时代里的大部分人都渴望未来的到来。

在这个时代里，大多数人都在追忆往昔，极少部分人在渴望未来，但即使是他们近乎反常的乐观，也不免掺杂着担忧。我远望着她走下连接着四九城护城河的小桥，直到众人四散在深秋傍晚六点钟的烟尘里。

关于眼下，那天的我只有一件事情可以确定：北京的冬天，将要到来。

/张三牧/

你好，我是道士张三牧

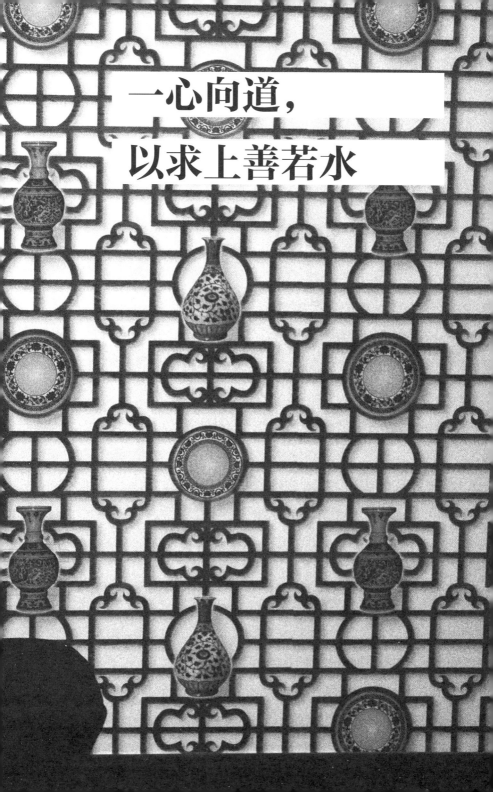

一心向道，
以求上善若水

"来，走一个吧，兄弟。"

烟灰缸跟我的酒杯相撞，随后发出了"叮"的一声脆响。它总是不言不语，从这一点上，丫实在称不上一个知心的酒友。

我干掉了最后一点二锅头，随即望着电脑上年轻的史泰龙出神。那边正演到洛奇穿着灰色的连帽衫，抽绳在脖领处系紧，不苟言笑的面容上连挥拳发狠的表情都是稍纵即逝的（传言史泰龙为了让自己在戏里面看上去更酷而挑去了面部神经，这在我看来毫无必要），缠满了渗着鲜血的绷带的双拳，正掷地有声地捶打在牛肋排上……

我的小臂上敷衍性地起了一层鸡皮疙瘩，那让我如获至宝，但马上，它们又像被浪头打过的沙堡一样消去。凌晨四点，这是我一天中最清醒的时刻。而这种时刻往往会让我质疑自己究竟是不是还他妈的活着。

我气急败坏地关掉了灯，毕竟用不了多久，天光就会顺理成章地消灭屋子里的黑暗。

失眠的第五百天，他妈的。

窗外的永安里帝国马上就要醒了。

永安里是我心中的宇宙中心，北有工体，南有双井；西邻东单，东邻国贸。唯独永安西里社区与这样的繁华无关，它仿佛是广袤的热带雨林中骤然凹陷下去的一小片沼泽，里面除了泥泞不堪的污泥，就是穷凶极恶的鳄鱼。此地居民大约由在秀水街摆摊卖假货的和当年人民大会堂一带的老北京拆迁户组成。

"您放心，国家要用这片地，绝不会亏待了你们的。三年，就住三年永安里，往后一准儿给您换好的。"

要不要睡一会儿呢？我仰头望着吸顶灯。

每晚失眠，晚上六点起床，第二天上午睡觉。这样的状态困扰了我两年

站在永安西里小区的中央，感觉自己被高楼包围了

每当想要睡眠的不正当念头袭来时，随之而来的必是大脑中愈发清晰的记忆胶片被粗暴地塞进放映机。

那年我才十五岁，却对往事拥有丰富且无比清楚的记忆。虽然我对此痛恨万分。

是不是因为上幼儿园时给姑娘送的那朵玫瑰花儿？

总不能是因为二年级的时候抽的那个六年级傻 × 吧？丫欺负我瓷，我忍不了。

还是因为那年我骂班主任的那句"我去你妈"。

我不是贼，拿胖子兜儿里的十块钱是跟他逗着玩儿，我怎么就是"第三只手"了？甭给我甩这片儿汤话，在说出那句脏话之前，我已经憋了一个小时了。那一个小时里我所受到的羞辱，仿佛板擦儿一般擦去了我中文词典里的所有词汇，只剩下正当中一句闪闪发光的：

"我去你妈！"

我继续回想自己那时的心态。因为我万分清楚，父母对我的教育必然会是一句："你怎么就忍不了？"

而当你第二天上学发现自己的课桌不见了，抬头一问，班主任对你说的是"你不配有课桌"的时候，你将会发现忍耐是没有必要的。取而代之的是一身轻松，因为你知道自己再也不用面对他，外加他自称"为你好"的片儿汤话了。

那是初一下半学期。那之后我辍学在家，父母剪断了电视线和网线，没收了我的香烟。

我开始失眠，每天喝二两白的，跟烟灰缸儿干杯，看洛奇，凌晨四点半开始在脑子里放电影，从幼儿园发生的事儿开始捋，并思考自己究竟是做错了什么才沦落到这般地步。

如我所言，我对此痛恨万分。因为最痛苦的莫过于你无法控制自己在想什么。

你知道想到这些会让自己难过。

但很抱歉，你已经控制不了自己了。

我在北京日坛中学结束了所谓"正常孩子"的学习生活

　　失眠症在十六岁的时候自愈。我上了职高，学楼宇化智能管理技术，说白了就是修空调的。

　　我活像个吃了二十年煎饺的老男孩儿刚刚被放出来一样，一样地疯癫。如果你看到那时候我的准考证，想必你很难相信那孩子与现在这个，至少"看上去还很斯文"的道士是同一个人。那时候的我，说是锒铛入狱的逃犯都有人信。

　　我的疯疯癫癫主要体现在几个方面：

　　首先，我变得异常能吃。我父亲身高一米七八，母亲身高一米六八，而我在那一年长到了一米九。早饭我能吃三大碗豆腐脑外加十根儿油条（永安里的早点摊儿是一绝），不到中午就又饿了。曾创下的纪录是把一斤半炖牛肉、一盘土豆丝和一盘拍黄瓜直接加到刚做好的一锅米饭里。十分钟后锅干碗净，我妈十分无奈地望着我，"那我们吃什么？"

　　其次，开学第一天，班主任问全班五十个孩子，五十个都是男的，"都谁有处分？"

　　结果就我一人儿举手，"留校察看、全校通报批评……"

班主任一乐，我记住你了。

他当然不会忘了我，因为全班虽然都是男生，但唯独我是光着膀子上课的。课上大伙儿撮堆儿聊黄片、动漫、电子游戏，我一人坐窗户边上偷偷抽烟。

我喜欢这么疯着，因为这是我对自由和快乐最直观的理解。并且，我终于可以睡着觉了。

现在示范的是上课偷着抽烟的标准手型，你觉着我在思考，但实际我在抽烟

我也开始谈恋爱了，初恋在高一，对方是个身高一米八的姑娘。这可真应了那句：破锅自有破锅盖，傻人自有傻人爱。纯情的我纯情地认为，哪怕对别的女孩儿多看一眼，也算是对她的一种背叛。但我没钱，家里没矿，一礼拜省下来的早点钱只为了和她有一场浪漫的周末约会。

我们俩好了一年，她就跟我哥们儿好了。

我也打架，但慢慢就厌倦了打架。因为打架无非就是为了面子，再不就是为了妞儿，说白了还是为了面子。

拿我来说，我还跟人打什么架，姑娘都给我戴小绿帽儿了。这让我想起扭机的一首歌儿——《没人给你面子》。

毕业后，我被分配到家门口的SK大厦实习，负责大型制冷设备的维护和管理。头一天收获颇丰，从第二天开始，便被分配到了保洁部，专管搋马桶。

几十层的写字楼，我统计过，平均每天要搋六十个马桶。那份工作的唯一好处是，我终于可以名正言顺地进女厕所了。就好像一只赤身裸体的寄居蟹终于寻摸到了幻想中最温暖的壳。

　　我真恨，我怎么不是个傻子。我要是个傻子，我可以撅一辈子马桶，并不知疲倦地以此为乐。

　　放下马桶撅子后，失眠又开始了。

　　就在那会儿，我机缘巧合下得了个佛牌，在每天找工作与发泄恨意中度过的半年时间里，那块佛牌帮我换了很多女朋友。

　　那半年我失去了很多姑娘，也失去了很多朋友。

　　我有四个发小儿干了传销。他们无一例外地在穷苦的日子里长大，渴望在第一时间挣个"六万九千八所言非虚"。而当他们说到想先给家里换辆宾利时，我马上放弃了将他们劝回来的想法。

　　我最铁的瓷，从幼儿园开始和我一起长大，他当兵的时候过生日我在北京买了蛋糕坐火车奔石家庄看他，他变得不会说人话。他跟我说："你丫管得着吗？你们家不是还没拆呢吗？"

　　他们一个个儿的像是被欲望包裹在空气中飘荡着的气球，而我还是那个操行。

在星巴克工作的时候，经同事引荐，遇到了师父

我又换了几个在连锁咖啡厅的工作。终于，我碰见了师父。

那会儿我不叫他师父，叫他二爷。并且，当时我是个坚定的无神论者，认为科学与药物能治好我的失眠。虽然在过往的人生中，它们无一例外地令我失望。

师父说，可能就是你脖子上这块佛牌闹的。

我不置可否，本着科学解决不了那只好重新认识迷信的态度，将信将疑地配合着师父。

没想到，我睡着了。几年了，我从没睡过那么香的觉。

即使是在永不曾让我得到安宁的永安里，即使是在人们的欲望像火山口的岩浆一样肆意横流的凌晨四点。

我叫张三牧，我是个正一教的道士。我可以抽烟喝酒、娶妻生子，那来自人性本身正常的欲望——道法自然，而不希望以某种道貌岸然的姿态去压抑谁。

有时候我会问自己：如果说这世界上没有任何宗教，那么人

那之后，我便顺理成章地入了道，信仰正一教

们的信仰该是什么？

　　我想答案应该是道德。所谓道德，就是不应因为你自己的欲望去伤及无辜。

　　因此我该说，我得庆幸，虽然我曾经失去和挥霍，愤怒并癫狂，但我没有让无辜的人感到失望过。

　　我得庆幸，我还是这个操行。

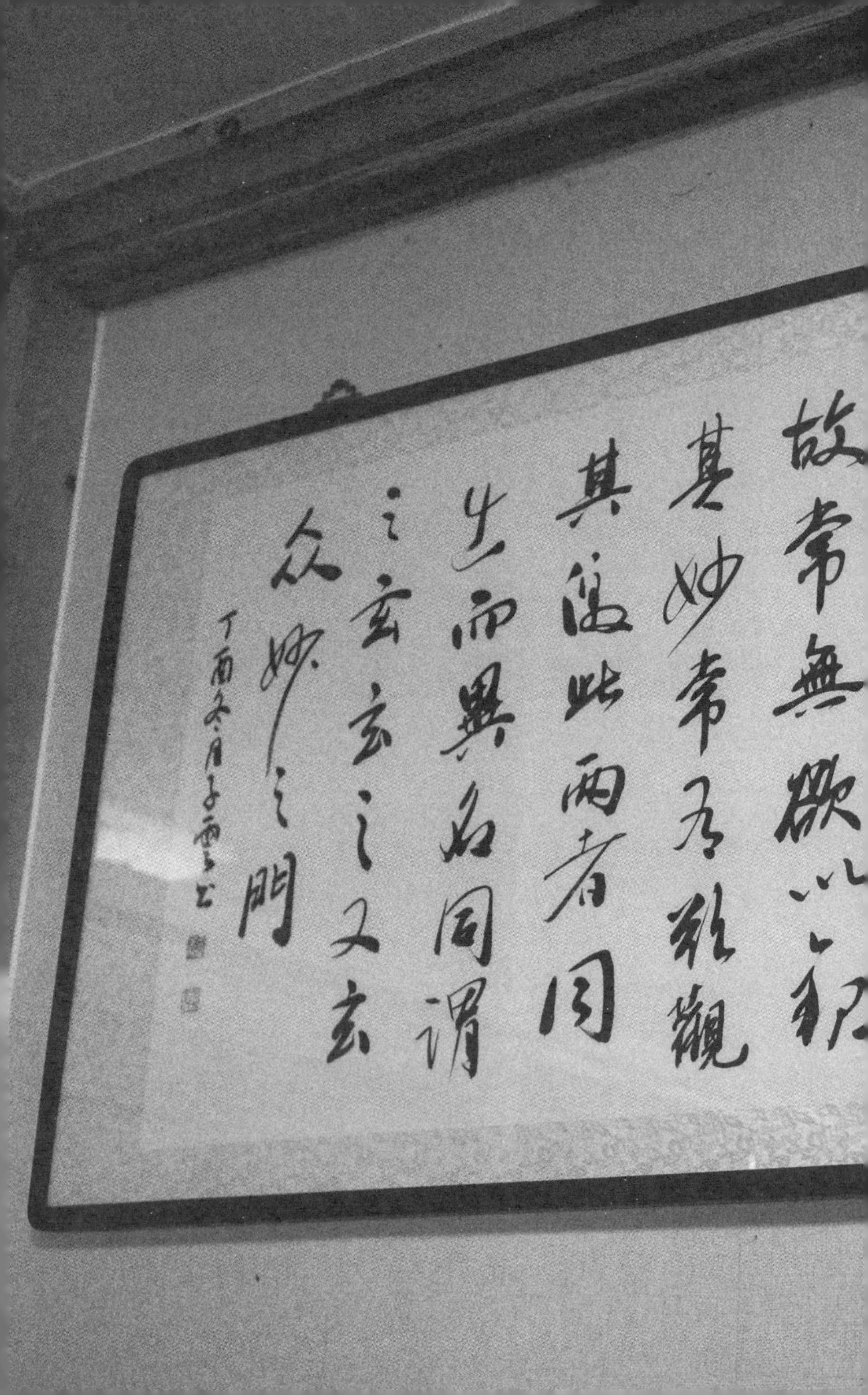

故常無欲以观

其妙常有欲以观

其徼此两者同

出而異名同谓

之玄玄之又玄

众妙之門

丁酉冬月于雪上 [印]

道可道非常道
名可名非常名
無名萬物之始

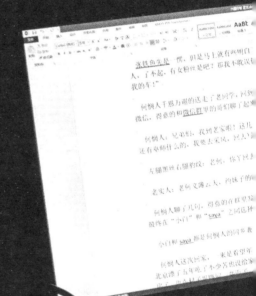

/霍岩/

我就是这样坐在屏幕前给你们写故事的

每天活在小说里，

扮演喝酒吃肉的角色

"这一天又赶上天降大雪，交通处于半瘫痪状态，不过我的心情还可以。北京好久没下这么大的雪了，干脆溜达几步。

　　当走到陈平家门口的时候，我抬头往里面瞅了一眼，有心想要进去看看浩南叔，后来一想还是算了，这下着雪的天气难免要跟他喝几盅儿。他酒意上来，就肯定又要抱怨那些陈芝麻烂谷子的事情，我的人生已经充满了负能量，这些堵心的事情我真的不愿意碰。

　　我犹豫了片刻，继续迈步往前走，路过马大姐食堂的时候再一次停了下来，这么好的大雪天，不喝一杯实在过意不去。

　　不走了，就跟这儿吃晚饭。"

以上的内容来自我一部未出版的小说。

以下的故事，我让自己住进了这部小说里。小说的名字叫作《脸谱》。

半晌，外面儿的雪开始下得不咸不淡。马大姐食堂里除了我，还有另外一桌儿。这桌儿就一个客人，二十啷当岁的一小伙子。

那小孩儿穿着打扮很普通，分不清是还在上学还是已经上班了。他桌儿上摆着一盘儿羊肉片，一盘儿虾，外加冻豆腐跟白菜拼的一盘儿素菜，支的是一电锅子，手边还备了三套夹了酱肘子的芝麻烧饼，单一副碗筷，应当是没有同伴。

我看这孩子吃得这么全乎，心里就纳闷两点：

其一，下雪天儿，二十来岁的小伙子是有多想不开，才自己一人儿来这么个鸟不拉屎的小脏馆子吃饭？

其二，马大姐这鸟不拉屎的馆子，向来只备几样儿小菜，除了烙饼肘子什么时候出来涮锅子了？

　　我直奔前台找马大姐算账。

　　"我说大姐，咱家是什么时候新添的锅子啊？我跟浩南叔还有陈平上您这儿来过多少趟了？您可没给我们预备过这口儿啊？"

　　马大姐听罢，尴尬的表情在脸上存了不过一秒便被巧妙地掩去。她随即满脸堆笑，伸手便要揽我，却被我抬袖挡开。

　　"您这叫什么话？"马大姐假做神秘状，"这孩子啊……是我外甥，您说，孩子偏要吃这一口儿，我这当舅妈的，能怎么办？"

　　"那这锅子哪儿来的？"

　　"咱家就这么一口电锅子啊，这还是我们几个服务员小妹儿平常用的……"

　　"得得得，肉也准是先打发小妹儿上对过儿菜市场买的吧？我跟你说啊，我不听这个。今儿个，巧了！我也想吃这涮羊肉，大下雪天儿的，我不吃这口儿吃什么啊？您给我想辙弄去吧！"

二人这就要撕巴起来，只听得那边儿小伙子一抬眼，"哥哥，您不嫌弃的话，坐我这儿吧。舅妈您也甭为难，我这也是先给您添的麻烦。"

我心说现在的年轻人，这么会说话儿的也少了，旋即心中一动，也想跟人聊两句，目光盯着桌儿上的一盘肉一盘虾。那边马大姐真有点儿眼力见儿，还没等我张嘴，便即刻吩咐一旁的服务员小妹儿再去买肉，自个儿又三下两下地给续了三个芝麻烧饼夹酱肘子，还拎了瓶一斤装的白牛儿。

我毫不客气地坐下，二人随即推杯换盏起来。

"哥哥，您是厨子？"

我一惊，"你怎么看出来的？"

"人都说，脑袋大脖子粗……"

"那我怎么不是大款呢？"

"大款不来我舅妈这儿。"

亲自出马

其实我不是厨子。以前我是，但我宁愿自己从来没有是过。

一切始于一部叫作《金玉满堂》的电影。

那年，我中考考得特别好，家里托了点关系，说让我学会计，要我进国家安全局。我很认真地回复道："我不，我不想当特工，不喜欢美女和美酒。"

"我只喜欢美食。"

于是我如愿进入了北京市第六十一中学学习厨师专业。开学第一课，班主任站在讲台上跟我们说："你们呀，以后在社会上，都给我夹着尾巴做人。但是呢，这行业，倒是能保证你们饿不着。"

"当时你怎么想？"

"当时我就觉得，我入错行了。"

六十一中说起来挺有意思。除了我们这厨师专业，最火的是服装模特专业。那会儿全学校的男生都在这个专业找女朋友。有意思的是什么呢？毕业演出的时候，人家是跟那儿走T台，我们一个个儿的，跟台上切墩儿、抻面、刻萝卜花儿。

那次演出我们先弄，完事儿了，坐在T台底下看自己女朋友。我们班主任又跟我们说："你们看看她们，再瞅瞅你们自个儿。"

我们听话地环顾四周，张望彼此，一个个儿全是别着擀面棍、插着菜刀的苦主儿。当时但凡心里有点儿数的，心里就都明白了。

"所以后来入了勤行了吗？"小伙子又给自己夹了一筷子羊肉，还特意把肉片在锅里铺散开。

我飞快地夹了几片羊肉片放进自己的碗里，"入了。先去的是三元桥那块儿的中旅大厦。"

"就是金房顶儿的那个？"

就是那个。那份工作，让我彻底认识到：这真的是一个没有任何创造性可言的行业，特别是对于新入行的人来说。一个小厨子，工作内容就跟流水线工人一样，每天就是那么重复的三五件事。

入行的那一两年，正赶上"非典"。"非典"期间，头儿让我们上小汤山伺候病人去。这就跟战士上前线一样。当时的承诺是：实习生转正，转正的升官。

"所以你去了？"

"我没去。"

小伙子脸上闪现一丝迷茫。

不当厨子了，我就进了一话剧团。当时我进的那部门是整个团唯一的盈利部门——做话剧的周边产品。

那个团属于老国营，后来归一个公司所有，等于说是话剧团外面套了个公司。因此就有一拨儿人叫"团里的人"，另一拨儿人叫"公司的人"。剧团的人主要是那帮老演员；公司的人，是一帮自恃清高却在业务上屁都不会的大学生。后来，我被剧团"招安"了，因为我跟公司不对付。

"我记得那会儿，智能机还没那么普及，我花了小一万攒了个多普达的智能机。那天早上，公司经济部一小姑娘儿蹭我咖啡喝。她看见我手机就一个问题，你们这种人用这么贵的手机干吗？"

沉默半晌，小伙子问道："你当时怎么想？"

"当时我就想，这辈子再也不能干让人瞧不起的行业了。导致我后来又失业了。"

很多时候，承诺都是不会被兑现的。我从小就相信这一点，这也让我少走了很
多弯路

　　两盘肉都下肚了，桌上就剩下四只青虾。小伙子慢悠悠地剥
着虾皮，我则追了几块儿冻豆腐，腹中刚过半饱，忍不住又抓一
套烧饼夹肘子啃了起来。小伙子看我吃得这么香，马上也咬了一
大口肘子烧饼。我们两人儿的嘴里都塞得很满。

　　那口芝麻烧饼夹肘子突然让我想起来自己干的倒数第二个活
儿，那几趟活儿，让我赚到了人生的第一桶金。

从非洲走私宝石。

当然，这活儿并不光彩。

小伙子嚼完了嘴里的东西，开口道："那您现在干吗呢？"

"我是一个作家。"

2005年，我待业在家。有一天中午炖肉，肉在锅里，得小火咕嘟两个小时才能烂乎。我等着没事儿干，实在是闲得难受，于是在网上瞎逛，就看到了一个鬼故事。我跟你说，那是我看过的文笔最好的一个鬼故事。

故事不长，也就几千字。我记得特别清楚，那是一个秋天，不冷不热的那么一天。我看着那篇鬼故事，就觉得一边儿热血翻滚，一边儿冷。

那天，我颤抖着看完了全文，感觉很不过瘾，于是继续去天涯论坛上翻。恕我直言，我觉得写得都特别傻。当时就有一种愤怒的感觉，你知道吗，就是那种要什么东西愣是没有的感觉。

"比如你嘴里叼着一根烟，但就是找不着火儿。"

我和小伙子相视一笑，继续道："于是当时我突然想起来，我以前实习那饭店就'闹鬼'。肘子还没炖完，我提笔就写，写了半拉故事发网上，酱肘子也做好了。"

"肘子呢？"

"肘子我一人儿给造了"。说罢，两人又不约而同地拿起了下一套芝麻烧饼夹肘子。

你别说，这东西还真有人看。于是我就接着写，写了有两天，一个姑娘私聊我，让我拉她进群。我就纳闷了，什么群啊？人家说粉丝群。

我说我哪儿他妈有粉丝群。人家说，那您等着吧。

这姑娘给我建了十个群，一礼拜就都满了。从此以后，每天都有人监督你写字儿。他们说，别老他妈喝酒了，别老他妈做饭了，赶紧写。

我做梦也没想到自己能成为一个作家

　　于是我把那个酒店系列写了整俩月。有一天，群里的一哥们儿问我，说你这个卖吗？我一想，这玩意儿还能卖钱？那多少钱啊？人家说，多了不敢说，几万块钱还是可以的。我说行！

　　几天以后，我赚到了人生的第二桶金，5万块钱。

　　小伙子像是惊着了，筷子上夹着的羊肉片儿在锅里烫得起了死褶儿，我提醒他赶紧夹起来，因为开水已经快烫着他手了。

　　有意思的是，那部小说我曾经反复地卖过。因为它像是中了魔，卖给哪家出版公司，哪家公司就倒闭。这行业就是这样的，都这么说：你跟我签，我会如何如何捧你。但其实呢，都是打水漂儿的事儿。好在这道理我在酒店的时候就懂了，便可以一笑置之。反倒是利用这点赚了不少钱。有一次，我单枪匹马在国外没钱花了，这部小说还又给我卖了10万块钱。

　　"是什么在支撑你写东西呢？"

　　"酒精和贫穷。"

　　说罢，我俩又干了一杯。此时，大白牛儿已经见了底。我盼咐马大姐取一瓶新的来。等酒的工夫，小伙子在玩儿手机，我则回忆起了自己五岁第一次喝酒的事儿：

我当年是白兰地起的步。那会儿，我爷爷带着我，老头儿习惯喝洋酒，偶尔也喝喝啤酒。五岁的时候，他曾吩咐我上东四那边儿打啤酒去。

那会儿是拿塑料桶，一升装的那种，桶上还画了个正在吃竹子的熊猫，我记得倍儿清楚。打完了酒往回走，我边走边喝，到家了，桶也干了。马上，爷爷又给了我一笔钱，说这回就别喝了，再喝就多了。我说行，但是没听。

这回呢，我喝得更快，刚从东四走到北新桥就喝没了。

爷爷说得对，我喝多了，坐在马路边上啃桶，桶上的熊猫继续啃竹子。路边儿的大姐问我怎么了，我说我喝多了。我只记得自己家住在八十四号，却不知自己住在哪条街的八十四号。

我跟大姐说，我记得，八十四号院儿门口的那小空场儿上，我常常在那里放风筝。放风筝的时候，阳光并不会刺眼。

喝酒从此成了我的一项技能。

我记得，酒店系列小说卖了第不知道多少次的时候，买主付了账跟我说："兄弟，钱不多，今天我得带你入行。"

那天我俩去了他口中一个很牛的歌厅，我到地儿一看就惊了，这他妈不是我小时候放风筝那地方儿吗。

想到这儿，酒又来了。我和小伙子似乎都有些醉，小伙子突然说："哥，您教我做道菜吧？我就喜欢做饭。"

我没好气儿地答道："我现在就喜欢吃饭"。

"那您最近一次做饭做的什么？"

"宫保鸡丁和意大利面，给我前女友做的。"

"您前女友？"

"嗯，她前一阵儿结婚了。"

219219

219

"愿闻其详。"

"她以前是小学老师，后来当制片去了。去年吧，有个饭局，我俩又碰上了，两人臊眉耷眼谁也没搭理谁。"

"后来呢？"

"后来她主动找我来的。"

"有缓儿？"

"我刚开始也觉得有缓儿。她找我，我一直以为，她觉得自己很亏欠我。"

"结果？"

"我们私下约了几顿饭，后来发现……"

"嗯？"

"她主要是为了让我炒俩菜给她端过去。"

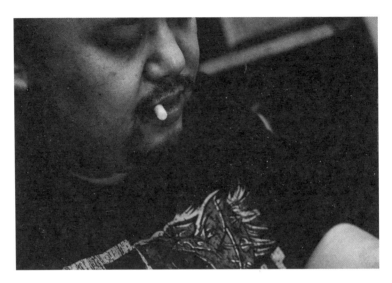

我工作之后才开始抽烟。后来觉得，还是他妈喝酒有意思

少年一口酒直接喷到了锅子里。我无奈地摇头，吩咐马大姐把电拔了。少年捯了半晌的气儿，好奇心又上来了，"什么菜，宫保鸡丁？"

"我做的宫保鸡丁，是全北京第二的宫保鸡丁。第一是我大哥做的，下次吧，下次再跟你讲我大哥的事儿。"我嘴里说着，脑中净是浩南叔的一脸丧样儿。他能做出全北京最好吃的宫保鸡丁，但他是我见过的最丧的一个人。

"宫保鸡丁，有什么秘方儿？"

我叹口气："你看所有的菜谱儿，宫保鸡丁，糊辣香，小荔枝口儿。煸炒花椒和辣椒段的时候必须得煳，不能有番茄酱，不能有大葱段儿。煸花椒油把辣椒段儿炒煳了，然后再下鸡丁、下料，就这么简单。"

"哈哈，后来呢，她吃了吗？"

"她吃了。她说行，你手艺还在。我心说，可以啊，确实是他妈为了尝手艺来的。然后，她就去结婚了。"

结婚以后，她还给我打过一个电话："宫保鸡丁的秘方你肯定是不给我了对吧？"

我说："不。"

她说："我还有一个要求，以后写小说的时候，写关于我的事儿，别他妈老用我真名儿。"

我说："行吧。"

小伙子突然跟我说："您见到的人可真多。"

我说："跟同龄人比起来，我的人生经历的确稍微有点曲折。"

小伙子说："你真该把他们都写进你的小说里。"

也许是酒精的作用，我恍惚间觉得：过往半生所见之人，要么是表里如一的好，要么是表里如一的坏。似乎只有眼前这个不断发问的年轻人，非穷非富，令人无法捉摸得清……

我真的醉了，五岁以后，我好像从未醉过。

当我再次醒来的时候，眼前的小伙子已经不知所终。

而我，就连陈平、浩南叔和马大姐是谁，都全然不记得了。

/张文超/

《北京孩子》的御用摄影师

我在记录北京孩子的故事，然后把这些故事结集在这本书里。

这十多个故事，讲述了不同的北京孩子走过的路。而他们中的一些，也在某些路口不期而遇了。那几个充满了偶然性的路口让故事变得有趣。

现在我将讲讲这本书的摄影师张文超也就是我。

在故事里，我开饭馆、理发铺，弹琴，玩说唱，读大仲马，读黄色的鬼故事。我在1998年失去了记忆，在记忆中，教我画画的小姐姐从筒子楼的楼顶跳下来了……

两千零几年的时候，我一个出生在北京的"88后"正混迹在海淀区中关村一带。

那应该是中关村电脑城刚刚兴起的时候，也许吧，谁会计较呢？

中关村是一个磨炼人的地方。

我做耳机，算是最早在中关村倒腾音像制品的那一拨儿。当时算不上是这一撮儿混得最好的，但也混得相当不错。不过也是年少轻狂，后来坏了"规矩"，断了别人家的财路，被几个同行合伙算计，直接导致我欠了一笔巨额的货款，共计人民币54万。

那一年我还小，就欠了人家一屁股债。

当时我只想去西藏，想触摸近在咫尺的天空。也许是因为那里神秘而神圣，也许是因为我想体验某种濒临绝望的感觉。

我想：如果到了西藏，心态还这么消极的话，我就骑车顺着怒江七十二拐一路拐下去，看能拐到第几个弯。直到飞出去了，就结束了。

又或许，我从一出生，就他妈死了。

在那段寻死的日子里，我时常会想起自己大学时候玩乐队的日子。直到今天，我偶尔还是会想要不重新组个乐队玩玩？甚至有一次琴都买好了，但转念又想，要是三十来岁还因为玩乐队吃不起饭，那可就太没必要了。

上大学那会儿，我们哥儿几个疯了心似的做起来的那支乐队，确实是吃不起饭的。

那会儿，我住在亚运村小营那边，房子是半地下室的。

一场大雨袭来，睡梦中的我一翻身觉着湿了吧唧的，这才琢磨着不对。

我从上铺翻下来走出屋子，发现要是睡死点儿就出不来了。

当时，乐队的哥儿五个谁也没比谁好过。

我们鼓手是在朝阳公园那块儿租的民房，冬天的时候，"五大金刚"上人家房根儿底下偷蜂窝煤，再用卖煤换来的钱兑一碗拉面。我们五个人吃一碗拉面，吃不饱就灌面汤，灌饱了接着排练。

转过年来的2月14日情人节，乐队第一场演出。我妈和我发小儿他妈都来了。

那个酒吧的可乐卖35块钱一罐，我们唱了三首歌，老板给了50块钱。

那个晚上，只有我们的吉他手喝多了，他后来砸了一辆警车。

时至今日，也只有那个砸警车的吉他手还坚持着自己的音乐梦想：他依旧穿着那条皮裤，弹着永远也不知道第二次会弹成什么德行的solo，在公司里卖琴。

音乐梦碎后，我顺理成章地成了上班族的一员。

我进入了"微硬公司"，一家如雷贯耳的大公司。以至于现在我去找别的工作，人家都以为三十来岁从"微硬"出来的人月薪至少得三万起步。我都懒得跟人透露自个儿一个月只拿几千块钱，因为压根儿没人会相信。

话说回来，"微硬"待我不薄。

上班第一天，我被分配到的职位是"网络鉴黄师"，简而言之就是鉴定一部"毛片儿"到底是不是"毛片儿"。

鉴黄师这个团队不大，分到我头上的以非洲大陆的作品为主。

后来，部门从7个人到23人，再到32人，最后就剩我1个。而我的工作内容也从鉴黄扩展到了枪支、毒品、赌博……你能想象六个显示器围着你一圈，每一个都在显示违法犯罪内容的景象吗？

而我的职业病就是：走在街上，我觉得所有人都光着屁股。

2018年年底，我最后一次跟老板提加薪。

老板说，你不能加薪，因为你们组业绩不行。

我说，我们业绩不行，那你得赖违法分子的工作积极性不行。

老板说，那是你加薪重要，还是祖国的繁荣昌盛重要？

我说好，那就祖国放到首位。

三十来岁拖家不带口的北京爷们儿，一个月挣几千肯定不够活着的。所幸我还有一门手艺。

小学的时候我开始接触摄影。第一台相机是美能达的大眼睛，到现在还留着呢。

2012年的时候，刚开始接触二次元的圈子，给小姑娘拍cosplay，现在回过头来看，真觉得自个儿当初拍了几百个G的垃圾。

活儿不好就得练。有一次奔圆明园拍外景，那时是深秋，天上下雨夹着冰碴儿，变焦环都快拧不动了，圆明园的工作人员以为我和模特俩人都是神经病。那天我拍了四个小时，回去之后，我俩发了一礼拜的烧。

我当时发誓：这辈子再也不摁快门了。

但我还是觉得，跟相机打交道，比跟人打交道有意思多了。因为你所获得的尊重，基本上只取决于你的活儿是好还是不好。

虽然尊重本身，并不能保证你会过得好一点。

前一段时间，我觉得自己活儿还行了，就面试了一个儿童摄影机构，当天并没有带设备。我不知道为什么，拍人像的都爱用佳能，而我是用尼康和富士。

当时有一家三口正在拍照，妈妈逗着孩子拍艺术照，爸爸跟外面儿等着。

那家机构的摄影总监拍了前四组，到第五组，总监老师耷拉着脸直接把相机扔给我，说你拍吧。

我问，可以改设置吧？

他说可以。

我用十分钟改了所有参数，包括灯光。第五组我拿起来就拍了，合计26张。

在外面等着的孩子他爸，前四组一张没看，直接在我拍的那26张里挑了8张，说这8张确实不错。

我自知入职无望，好在带了张名片，完活儿后偷偷塞给了那位父亲。

拍照总是给我一种悲伤的感觉。

这与挣不挣钱无关。

好比现在，我又作死似的开始玩胶片摄影。一卷胶卷就36张，生死都是它，拍错了完全没有后悔的余地。而在同一个场景中，每个人的想法都是不同的。

当年搬家的时候，我在我们家那条胡同里胡乱拍了点儿东西，当时觉得没什么。但今天去看，有些人已经不见了，有些东西已经不见了。此时，你会有一种从心而发的孤独感。这与视频还不一样，如果是录像，你好歹会记录一段时光。但当快门摁下时，你所能定格的，只有那个注定无法再现的瞬间，它也注定会让你感到怅然若失。

就像当年胡同儿里的大爷跟我说的："你多拍点儿吧，好歹还有个念想儿。"

而我所能做的，只是在未来的某个时间，把那个瞬间拉回到从前。

2019年，我终于得偿所愿。

我跟两个朋友共同完成了《北京孩子》的故事。完成的时候，我们感觉自己完成了一件了不得的大事。酒醒后的第二天早上，我却又觉着身体里的什么东西被抽走了似的，这才获悉自己和这十来口子人又不可避免地变老了一点点，一种令人熟悉的伤感顿时扑面而来。

我意识到，我们所写下的，终究只是故事，是往复的悲欢，与不可复制的透彻与开脱。自此往后，每一个故事的主人公，都将开始又一段难以自持的冒险。我追在他们的屁股后面，叫他们回头，向彼此道一声好运。

　　因为至少我是幸运的。刚刚说过，我是死了，可他妈我又活过来了。

/郭思遥/
从某种角度上来说，我是个青春期一直没过去的人

幸运的是，我有
一身北京孩子的骨气

2019年的第一场雪到来的时候，我正坐在桌子边儿上对着筒子河发呆。按日子数起来，该到六九了，然而河沿的柳树还没开始抽条儿，四九城却迎来了这个冬天的第一场降雪。

一切都他妈乱套了。

桌面儿上的铜锅不时反射着阳光，阳光总是令我恍惚。半晌，我远远望见护城河上溜达着一条狗，一条标准的中华田园犬，一步三颠儿地在筒子河的冰面上溜达。

里屋儿传来媳妇儿的惊叫，她花容失色地将脸贴在窗玻璃上，对着角楼的方向发问："谁家的狗？"

　　马上，她又像是突然想起了什么似的将家中的猫死死抱在怀里，不住地嘟囔："这要是逼斗下去了可怎么办？"

　　逼斗就是我家的猫。

　　我无奈地摇摇头，目光又聚焦在了紫铜火锅上。这锅子自打请回家来，还没有实打实地开过几次火。首先你得有炭，其次得有酒有肉，有所谓的酒肉朋友，能拎着这三样儿东西来家里吃饭的，就是我所谓的酒肉之交。在我看来，这样的朋友没什么不好。

　　今天下雪，是该涮一锅儿。酒局将从中午十二点准时开始，并不知其何时终。我很想在等朋友到来之前再睡上一觉。

这就是我家的猫，它爱喝酒，现在这小家伙的体重也是一路飙升

　　这就是我的生活，一个三十来岁的北京孩子的生活。这种生活的名字叫作漫无目的。记住，是漫无目的，不是他妈的虚无缥缈。在这种生活里，我总能感受到无比的快慰。

　　二十一世纪初，我同所有不爱上学的孩子一样辍学，与学校、家庭还有彼时我们以为的全世界干架。

　　影视圈最初接纳了我这个异类，原因在于，他们并不在乎你的个人想法。简而言之，为了吃饭，人们所看到的所有抗日神剧，我几乎都拍过。党员、特务、戏子……我拍过的戏里抗日的主角各种身份都有。

　　我没有刻意地让自己往"成角儿"的那个路子上走，尽管以我当时的收入水平，我可能算身边那群从中午就开始腻酒的哥们儿里混得不错的了。

　　那会儿在剧组，我曾干过一部戏的统筹、编剧和副导演，一个人干三个人的活儿。可笑的是，那部戏最后给了我两千块钱。我问导演，两千除以三都他妈除不开，你这一个人的活儿怎么算钱？

人家说，年轻人，你趁着年轻，要多学东西。

但那确实是一段理想岁月：想干活儿就干，不想干就睡到中午十二点起来喝酒。我蓄起了长发，十分认真地聆听《在别处》，并有一搭没一搭地玩儿着吉他，直到从没被弹出过任何地道和弦的吉他，在一次午夜的酒醉后被我用灭火器砸碎。

那之前，我只想带兵起义，解放全人类。

时间就这样来到了2008。北京用筒子楼外墙上光彩照人的红漆欢迎着这个世界。

那时候我已经开始写博客，并给自己取名为"小愤青儿郭思遥"。我喜欢完全不加掩饰地对这个世界表达自己的不满，因为在我的眼里，这个世界就像筒子楼上新涂的红漆一样装。

应该就是在那一年，2008年。我没变，可我身边的兄弟们已经变了。

有一部分人开始劝我：老郭，你写东西没有用，你应该继续挣钱去，去混剧组去，去"抗日"去。

大茶缸子配红酒，我算是第一人

大茶缸子配红酒，我算是第一人

我不听，我说日我肯定是不抗了，但是戏可以拍。

那年我认识了导演张内咸。

我看过他拍的第一部电影《待业青年》，我和他一致认为，人活一世要不干点儿像样的事儿，跟他妈没活似的。

马上，我们拍了《草莓100%》。

那个夏天，对《草莓100%》剧组来说，就是青春梦想。青春梦想就是，虽然大家都没钱，但是没人跟你聊钱。我们拍了一个月，两个多小时的电影，只花了六万块钱，这是一个没人会相信的数儿。

那个夏天的最后一个黄昏里，《草莓100%》杀青，没人走，演员们拿着自己拍戏挣的一个月2000块钱请彼此吃饭喝酒。

于是，我们又一次喝到了黎明。

"好好珍惜生活，因为我们会死很久。"

事实上，拍完《草莓100%》后，日子确实好过了很多。那几乎算得上是中国第一部微电影或伪纪录片。2010到2011年那会儿，所有的微电影团队都来找我们，我们一个月能接两部戏，挣钱挣得有点多。

2009年的10月31日，我做了一件让我至今后悔的事情。

那时，我在一个名为《我是中国人》的烂剧组当编剧，10月到11月，我人在江西，心系国安。10月31日头几天，一块儿看球的几个哥们儿给我打电话，说都在北门门口支好帐篷了，问我人在哪儿，我苦笑不答。

31号下午，我装病回到宾馆，就着六个燕京听儿啤看了国安的夺冠一战。高兴是高兴，但也挺难过的，属于我的庆祝方式就是看完球又买酒去。

从江西回北京，我猛然发现，有越来越多的人开始跟我聊钱了。但以前，同样的一帮人，都聊的是梦想、艺术和足球。

三儿这人很聪明。他清楚地知道我的为人。那夜我们如约相聚在三里屯穷逼俱乐部。名字我给起的，英文名叫shooters，十元一支啤酒，简称穷逼乐。

三儿是那种能忽悠掌勺的老李"你跟我出去考察一项目去"的人，也是能假作云淡风轻地跟我套瓷说："我在哪儿哪儿弄二手车呢，这么着郭子，你过来陪我待两天。"

我如约而至。上了第一堂课我就意识到，这他妈是一攒儿，学名传销。那堂课一共四十多人，其中的二十多人我全认识。我感觉我被这个世界愚弄了。

但没关系，你要想玩儿我，那咱就对着玩儿吧。我使出了上中学被开除之前的那种混不吝，上课接老师下茬儿，下课就是傻吃傻喝傻睡。

最后，传销老师主动找到我，说："小郭，你要是信我们呢，就踏踏实实跟着我们挣钱。你要是不信，你好歹说出几条我们这个体系的漏洞，行吗？"

我还没来得及回答，就被轰回了北京。于是我成了这个行业里为数不多未被扣留，反遭遣返的人。

回京一个月后，三儿又联系了我一次。那回是他的一哥哥开着悍马接的我俩，去的是东方斯卡拉，五百多人。不出我意料地，又有不少张熟脸，甚至是多年没见，曾经茬过架的孩子。

我跟三儿说，咱以后，甭联系了。

就这样，我又失去了一个朋友。

好的方面是，那时候我终于完成了自己的第一部小说——《那些人五人六的日子》。我几乎是将自己彼时的生活依样画葫芦似的写在纸上，现在看来，当时的自个儿就是一矫情人。

后来，我又找到了张导，这回打算好好拍个电影，甚至是能有龙标的电影。电影直接取材《那些人五人六的日子》，题目稍做修改，改为《那些五脊六兽的日子》。

2012年，那时候还没什么人知道马頔和麻油叶。马頔本人还在国企单位上班儿，一个月挣3000块钱。

我找到马頔，说兄弟帮我个忙，想让你演个戏。"给钱

皇城根遗址公园，我现在特别讨厌这里

吗？""给钱。"

这丫听罢就跟领导请了个病假。

《那些五脊六兽的日子》开拍第一天，我带着美术、摄像和俩演员，还有四辆自行车在东华门一带拍电影的开场。

东华门，我从小儿在这儿长大。多少搁现在不让老百姓进的地儿，放我们小时候，能在那儿踢球。

　　打从2007年开始，我们家一直有房产纠纷，因而被迫搬过好几次家。但无论怎么搬，我还是喜欢住二环里。因为我觉得只有这儿才是北京，因此我就是租房也得租二环里。我无法想象，有一天要指着天通苑和回龙观告诉我儿子，说这儿是北京。

　　因此《那些五脊六兽的日子》开拍的那一天，我突然觉得很泪目。尽管这个地方已经被改造得面目全非，但我的故乡终于出现在我自己的镜头里了。老说皇城根儿底下长大的孩子，他们活成什么样儿了，我终于可以以这种方式记录下来了。

　　那天，拍的是男二号骑着车，后面拉着喝醉的马顿。谁也不知道马顿是真醉还是假醉。镜头滑过红墙，滑向×××路汽车的公交车站，马顿向等车的人群喊道："别他妈上班儿了，傻×！"

　　当时，只有我知道，他那句话有多于一半儿是喊给自己的。

　　那部戏里，我借他的口说出："这个社会我觉得挺公平的，因为有社会，我才能恨这个社会，直到看上去很美的太阳依旧照常升起。"

　　戏拍了一个月，巧合的是，男一号马顿的片酬不多不少——

3000块，相当于上了一个月的班。

同年，马頔出了首张专辑《孤岛》，并开始考虑正式辞职。

有时候我在想，我是一个特别站着说话不腰疼的人，例如一不小心就在三十岁之前把所有的梦想都实现了：

出一本小说，出了，可惜当时只印了1000本，卖到最后我自己手里都没有了；

拍一部电影，拍了，还火了，但不出意外遭到了广电总局的封杀；

开一个餐馆儿，开了，甚至名字就叫我当年设想的"没溜儿肉总会"。店在安定门内，夏天的时候，人们喜欢上二楼的露台上吃火锅儿和炙子烤肉，喝啤酒和二锅头。人们叫它"二环里最浪漫的大排档"。这家店，后来因为邻居见天儿举报，被迫在房租还没到期的时候关门大吉。

庆幸的是，2018年过去了，我还是按照自己十年前的想法生活着——写公众号，毫不避讳地说，我挣着钱了。我挣到了一个让自己满意的钱，甚至比当年开饭馆儿的时候挣得还多。有人觉

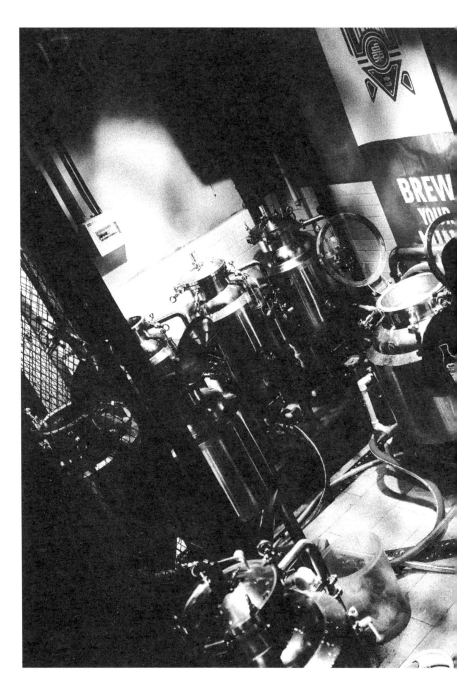

酒吧酿酒

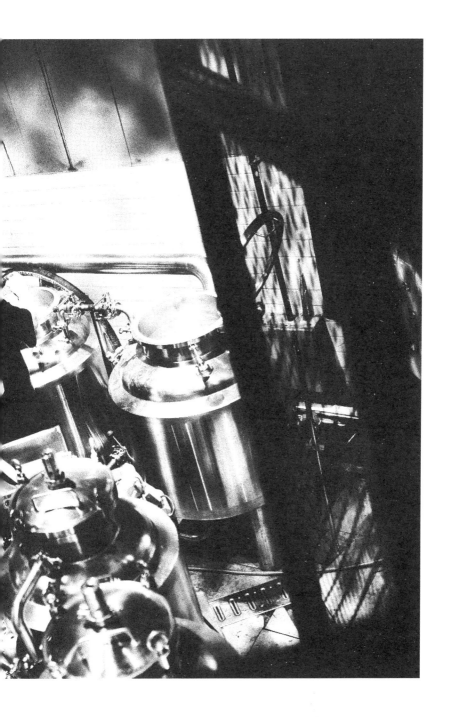

作为爱酒之人亲自酿酒

得我成功了，但其实只要坚持一件事儿，成功往往就不是偶然的。

　　从某种角度上来说，我是个青春期一直没过去的人。甚至，我觉得自己还是个孩子。到今天，三张儿多了，我还这么想。

　　我还是喜欢睡到中午一点，如果这时候有谁叫我从中午开始喝酒，我会觉得特开心。

　　这叫浪费时间吗？我不觉得，我不觉得这叫糟蹋。你还是跟你喜欢的朋友在一起，这怎么叫浪费呢？何况今天的这顿酒，有可能就聊出了我明天想讲的故事。

一个北京孩子，没房也没车。但如果我是一个把真心话写在日记里的人，那么我今天的日记就是：我跟一个好哥们从中午开始喝酒，一直喝到了晚上。就像我们从来没有喝醉过，就像以前那样，从来没有长大过。

这就是所谓的青春期遗留症，好处在于：你至少不必把自己变成一个曾经不喜欢的样子。毕竟你小时候明明知道，那么做是傻×，长大了的你还是那么做了，这真的能叫作成长，而不是装孙子吗？

所以我感到庆幸。2018年，在我艰苦卓绝地与这个世界斗争的第十个年头里，因为我的一篇公号推送，老饭馆儿"热盆景"不拆了。

当我写到这里的时候，逼斗爬上了我的电脑。他的爪子乱打了几行字，现在已经被我删掉了。

逼斗是我的猫，刚刚说过了，他马上就长成大逼斗了。事实上在养逼斗之前，我养过一条名为悟空的鱼。那回逛鱼市，我往缸里撒了一把鱼食儿，只有悟空不抢。行，不抢食儿，这叫骨气。

见着比我年长的叫声儿哥，见着比我岁数小点儿的叫声兄弟，除此以外，您有多少钱跟我没有关系。更何况，跟有钱人谄媚往往没有意义，人家钱又不给你。这也是骨气。

我不断地抚摸着逼斗。雪停了，逼斗的兴奋劲儿也过去了。阳光照进暂时属于我的，故宫筒子河边儿上的小屋儿里。人和猫都昏昏欲睡。

在入睡前，我又给逼斗抓了把粮。这孩子不但能吃，还能喝酒。但今天就算了。

我想起《草莓100%》里面胖姑娘那句名言："吃自己喜欢的食物，胖而短暂地活着。"现在那话像是一句诅咒一般，正牢牢地套在我和逼斗的肚子上。

举凡过往，皆为故事

/李寒邻/

2018年6月的某个夜晚，老郭给我发微信。

我跟老郭早在2014年就认识。那一年，国安传媒老总在老郭的"没溜儿肉总会"做局，具体是什么月份儿记不清了。没溜儿老店主营炙子烤肉，各路国安球迷的意见领袖们吹着在每一个京城酒局里都能听到且让人耳朵起茧子的牛。我无话可说，只得安心吃肉，心说这家儿不错，以后还可以过来踏踏实实吃一顿。

那家店在不久之后倒闭了。所幸在那个局上，我结识了老郭。当时是觉着这餐馆老板看着眼熟，攀谈两句才发现，他曾在我看过的一部名为《那些五脊六兽的日子》的电影中客串过片儿警。

"另外，兄弟，我还是那部戏的编剧。"

我听罢肃然起敬，不由得多喝了两杯。

2014年的那个局散了之后，发生了如下事件：

当年做局的国安传媒老总在第二年接替"二大爷"高潮，任北京乐视足球俱乐部总经理。那一年国安战绩不佳，原因据说是乐视跑路了，后被证实；

当年的"没溜儿肉总会"老店，正如刚刚所说，在不久之后倒闭。老郭在安定门内大街开了新店，主营炙子烤肉和铜锅，其特色在于露台开放，可以随便地喝酒抽烟，被老郭本人誉为"二环内最浪漫的大排档"。我流连忘返于此地，在一年半之后，这家新店也倒闭了。

那之后老郭开始专心写作，我赴美留学。

又过了两年，我在一个熟悉又陌生的北京夏夜收到了他的微信：兄弟，我这儿有一正经事，你干不干？

那会儿是晚上七点多，时差作用下，困意袭来，我等了五分钟没回，主要是不知道怎么回。

他又发来语音：你要是没兴趣，就拉倒。

我怕惹哥哥生气，挣扎了一下还是选择穿衣服出门，顺着定位打上了车。

两年没回来，北京的交通状况依然没有得到任何改善，我像块牙膏嘎巴儿一样地被堵在了二环路上。

晚上八点半，我接到了老郭的第三条微信：兄弟，我今儿我，我喝多了！下回，咱下回，我跟你好好说说，说说这事儿。

第二天一早，老郭把这本书的构思告诉了我。我觉着可行。

按他的说法：我们这个时代的北京孩子，还没有人去记录。

他还说，我给你找了一特牛的摄影师。他叫文超，你叫他超哥，超哥能玩儿数码，还能玩儿胶片。

"咱下礼拜就开始做第一个人，叫高树，你们哥儿俩好好聊聊。"

那之后的每个周末，我跟文超、老郭仨人便开始走访京城各处可以吸烟的饭馆茶楼，跟不同的北京孩子聊天。

这里面我的工作最轻省，陪人聊就行，遇到像裤子哥这样能聊的，我连插嘴都插不上。超哥的工作最繁重，我跟人聊着，他跟边儿上走绺儿拍照，他人胖，还得背着满满一个大号双肩背的设备出行，上衣基本没干的时候儿。

2018年的夏天我们跟十个北京人聊了聊他们的过往。

在我看来，举凡过往，皆为故事。故事是否有趣，取决于你是否乐意回头，看看自己是怎么长大的，是怎么活成这个操行的。

毕竟，如果以2014年那个莫须有的酒局为时间节点，我现在回过头去，去看向那个在饭桌上听人吹牛的少年，我也感到难以想象。

第十一个受访者是付菡，见到她的时候，她穿了一件大衣，那让我意识到夏天已经过去了。你真应该在九月份结束的时候叫醒我，叫我不要再听那首烂俗的歌，并总是在夏天过去的时候莫名其妙地悲伤一下。

不过总的而言，2018年的夏天令人难忘。

那之后我们又找了水哥，水哥说，你们不能等我减减肥，准备好了再做吗？

我们等不了了，毕竟最后一个是老郭。

老郭在一开始的时候就扬言，自己要减肥，要上镜好看一点，因此必须最后一个做。

我压根儿就不相信，像他这样夜夜笙歌，更准确地说，是日日笙歌的人，哪有什么抹平自己肚子的可能性。

2018年年底，我们在郭思遥位于筒子河边儿上的小屋里完成了最后一次采访。那真是货真价实的皇城根儿下，老郭的府邸离故宫近到什么份儿上呢？从他们家窗台往下顺一根儿线，就能在筒子河里钓鱼了。

我一直觉得，《北京孩子》这本书，讲述的就是一个个北京孩子长大的故事。

他们大多有着不那么平凡的人生，当他们向我解释这一切的时候，你总能找到一个让他们与过往和解的理由。毕竟，你不能总是耿耿于怀。

但直到最后一个故事，我觉得我错了。

当老郭说我现在依然觉得，从中午开始喝酒是一件全天下最快活的事儿的时候，我觉得，我真的错得特别彻底。

接下来，到你了，我的朋友。
我们希望你可以把自己的名字写到这本书上，
配上你喜欢的照片。
不管这些年你是长大了，还是没长大，
写写你的故事，或是随便写点什么。

我是 _____ ，
这是我的故事

To live brightly

北京孩子